节气之美·茶事：春来茗叶还争白

邹嫩晴　著

内蒙古人民出版社

图书在版编目（CIP）数据

节气之美．茶事：春来茗叶还争白/邹嫩晴著．——
呼和浩特：内蒙古人民出版社，2021.12

ISBN 978－7－204－16282－6

Ⅰ．①节… Ⅱ．①邹… Ⅲ．①散文集—中国—当代
Ⅳ．①I267

中国版本图书馆 CIP 数据核字（2020）第 018525 号

节气之美·茶事：春来茗叶还争白

作　　者	邹嫩晴	
责任编辑	王继雄	
责任监印	王丽燕	
封面设计	侯　泰	
出版发行	内蒙古人民出版社	
地　　址	呼和浩特市新城区中山东路 8 号波士名人国际 B 座 5 层	
网　　址	http：//www.impph.cn	
印　　刷	内蒙古恩科赛美好印刷有限公司	
开　　本	710×1000　1/16	
印　　张	11	
字　　数	161 千字	
版　　次	2021 年 12 月第 1 版	
印　　次	2022 年 1 月第 1 次印刷	
印　　数	1－2000 册	
标准书号	ISBN 978－7－204－16282－6	
定　　价	27.00 元	

如出现印装质量问题，请与我社联系。

联系电话：(0471) 3946120　3946173

序 言

立春、雨水、惊蛰、春分、清明、谷雨……二十四节气的名字不是《诗经》，却洋溢着《诗经》的风雅；不是唐诗，却飘溢着唐诗的旋律；不是宋词，却弥漫着宋词的隽永。二十四节，二十四气，吹来二十四番花信风，迎来二十四节物候事，二十四节的茶事也在这天地轮回中随着岁月而流转。

茶饮四季，一年之中，春饮花茶，夏饮绿茶，秋饮青茶，冬饮红茶。四季饮茶，各有差异。

茶饮节气，立春之时，阳气始发，易于忧郁，饮茉莉花茶可安定情绪；雨水之时，寒气郁集，宜饮桔普茶，健脾行气，最是适宜；惊蛰春分，谷雨清明……节气饮茶，各有所宜。

有人说，人生如茶，在循环往复的二十四节气里，没有什么比品茶更能体味出生命的完整和超然。正如"茶"字的构架："草木之间藏人性，人字变化草木中。"这是一种中庸，更是一种平和。以至于数千年茶事里，浮沉之间，已是人生百态；沉淀之时，已经气韵山河。

有人问："何为禅？"禅师道："品茶去。"原来品茶便是品禅。茶叶储藏了每一节气的天地之气，供人类调节阴阳之用。以至于二十四节气轮回中，既有转碗摇香的情愫，又有融雪煎香的时光，不论何时，都能感悟到禅意茶中的邈远悠长。

有人说，茶水苦甜，在世间所有的味道里，唯独茶味是苦涩中带着清甜的回味，那苦中蕴含着力量，甜中蕴含着精神，以至于世俗中太多的纷扰都能在品茶的那一刻得到舒展和远离。不论舒缓沉浮，都能看到人性的光辉。

随着二十四节气的流转，且让我们品一杯清茶，就一场茶事，采一箩茶叶。

一片简单的草木之叶，一杯至纯至简的自然之水，却是一场修行，一场涅槃，一个广阔的世界。

作者　邹嫩晴

目 录

第一辑
二月：风筝线，草长莺飞二月天

我若是养在闺中无人识的古代仕女，在出阁之日金风玉露一相逢，也会在盛装之下，露出我此生最美的微笑；我若是寒窗苦读数十年的学子，在金榜题名时春风得意马蹄疾，也会在红袍艳阳下，骑马倚斜桥，满楼红袖招；我若是无知无畏的稚子，凡事都不问结果和对错，只图此刻的单纯快乐；我若是剑术高超的剑客，左手执剑，右手调琴，仗剑天涯，只为走西风的豪放逍遥……

立 春

雪里红，茶有梅花便不同

　　立春是农历二十四节气中的第一个，"立，始建也。春气始而建立也"。所以立春意味着东风送暖、大地消融。

　　立春，气温稍高一些。中国将立春的十五天分为三候：一候东风解冻；二候蜇虫始振；三候鱼陟负冰。而我的学生们已经开始了青春期的解冻，开始了春天的萌动，因为在这个立春的午后，静静地出现在我手机屏幕上的是我的一个学生发在朋友圈里的"爱情宣言"。

　　"当我发现我爱你的时候，就已经执迷不悟、义无反顾了，我认定你是我

今生的唯一，我无法说服你爱我如我爱你，只求你在春天来临之前，能够再多看我一眼……"爱人用他磁性深沉的嗓音把这段话读得深情款款，大赞爱情果然是文学创作的源泉，甚至煞有介事地拿出茶具，感叹这样的情书值得品茗细读，只是爱人斟酌再三，却还是选了玻璃杯——这样不畏严寒的情怀要配梅花茶。

我当然知道爱人说的"严寒"是我给学生们下的严禁早恋的"禁令"，只要学生有早恋的蛛丝马迹，我作为班主任，是势必要尽职尽责严查严办的，所以学生们经常笑我是"灭绝师太"。

爱人的动作疾徐有度，刚晒干的梅花配上绿茶，放在晶莹剔透的玻璃茶具中，用铁壶烧的水一泡，那一朵一朵的红梅如同少年，谨慎而又倔强地盛开在绿叶碧水之中，花香渗透在茶香之中，一点一点地散发。绿茶清新滋润、精致洁净，梅花高洁坚韧、铁骨冰心，这两者确实互为知音，极为相配，让人闻之心悦，见之心喜。

"你看看，少年总是太年轻哪，他还不知道他的'唯一'可能不是她，他和他的'唯一'就如同这梅花和绿茶一样，都在经历各自的苦寒历练，只有经过了层层磨炼，才能碰撞在一起，融合成这样口齿噙香的水，散发出摄人心魄的香。那时的他们才会真正懂得爱情和唯一如同当年和现在的你我。"爱人一边泡茶，一边感叹道。

是啊，因为年轻呀！如同我当年从来没有想过会在这样一个立春的午后和爱人相对而坐，泡一壶叫作生活的平常水，饮一杯叫作唯一的梅花茶。

我只记得那时自己还很年轻，没有想过在人生无涯的荒野里，需要一场这样的茶事，让我细心地品味生活中的历尽千帆、历经苦寒。

我只记得那时候自己很直白，满心满眼想要的只是轰轰烈烈的爱情，最好让我如痴如醉如狂，甚至绚烂我整个青春年华和此后所有记忆的爱情，红尘做伴，潇潇洒洒。

我只记得那时候自己还很无畏，只知道坚持那份无知无畏的爱，哪怕头破血流也毫不在乎。

待到时光流转，一年一年听闻圣人书，一岁一岁读懂世事简，才发现生活是一本很厚很厚的书，我们在其中沉浮经年，世事早已改变，爱过我的人和我爱过的人早已不是当年的少年。

只是我们再也回不到当年的四月天。

"我真喜欢和你过立春这样的节气。"我接过爱人递过来的茶说道。

"什么？"他问道。此时的他已经不是我曾认识的那个俊秀少年，而是一个成熟的男人。

"我希望和你在一起的日子都是从冬日里开始，这样，我们的春天才来得更有意义。"我轻抿一口茶，望向他。

我喜欢和你一起看着岁月流逝，尤其是在这样的立春，让我知道熬过了冬天，便会迎来春天。

死生轮回，立春茶事在接春

每个立春都在春节前后，然而对于我们这样的南方传统小家庭来说，这个春节却比以往都要来得特别一些。

这个立春，我们仿佛经历了一场死生的轮回。

因为小姨妈的逝去。

那位劳累半生的中年妇女在病痛的折磨下，永远地闭上了双眼。更让我们感到措手不及的是，小姨去世不到半年时间，小姨夫就在广东找了一个比他小十岁的新女朋友。

我知道这个消息的时候，正是立春。

外婆家的大圆桌上摆着一壶苦涩的苦丁茶，七十多岁的外婆因为小姨的离世而开始神志不清，小姨的三个哥哥姐姐——妈妈和舅舅们——在圆桌旁边喝着茶，大家相对无言。

大舅只说了一句："在家养了二十年的妹妹，我舍不得让她吃一口红薯根，舍不得让她做半点重活……"

全家人泪落如珠。

小姨妈这一生是命运多舛的一生，也是命运无常的一生。在兄妹四人中，她最小，从小到大，家里的哥哥姐姐都舍不得让她吃红薯根果腹，而是把仅有的米饭留给她，然后看着她吃，他们在旁边咽口水。

及至长大，在小姨妈的婚事上，外公外婆尊重小姨的选择，在答应了小姨的婚事后，凑了钱帮她置办嫁妆，当时流行的收音机、黑白电视，镇上都少见。

刚嫁到姨夫家，小姨过了一段惬意的日子，尽管在相处中，小姨发现了小姨夫的性格弱点：虚荣、自大、没主见，喜欢打肿脸充胖子。但公婆和气，丈夫体贴，又生有一子，小姨家的小日子过得还算不错。

可是时代会变，人也会变。

随着小姨公婆年龄的增长，不适合再做田里的苦活累活，而姨夫只会做木工，对于田地里的事情不大擅长，加之他爱干净，不愿意下地，于是春种秋收的重任就落到了小姨身上。刚开始还好，有哥哥姐姐帮衬，可是那个年代，大家负担都重，小姨也很倔强，经常一个人早出晚归。随着打工潮的到来，小姨也跟着小姨夫去了广东，这一出去，就是十余年，甚至连过年都很少回来，中间偶尔回来过几次，妈妈和舅舅们都会心疼地说："小妹老了、瘦了，也憔悴了。"

小姨越来越憔悴，让舅舅不由得担心，于是舅舅出差在途经广东的时候看了她一次，结果是哭着回来的，妈妈问他原因，这个四十多岁的农村汉子哭得一塌糊涂。他告诉我们，在他循着地址找到小姨的时候，小姨正一个人扛着比她体重还要重两倍的装修材料上七楼，小姨夫作为"老板"和"包工头"，却在外面和人打牌喝茶；虽然他们的钱挣得不多，可是小姨夫吃穿用度都不差，儿子也送到了贵族学校读书，小姨却苍老得不成样子。听完舅舅的哭诉，一家人又气又恨，都试图说服小姨回家做生意，无奈小姨夫不愿意。小姨一直对小姨夫唯命是从，家人无奈，只好罢了。

为了证明在广东确实发展得很好，小姨夫还借了一点儿钱买了一辆不错的车，过年开回家时，很是风光。

没想到噩耗很快就传来了。没过多久，小姨的腹部肿胀如球，妈妈让她去医院检查，可是她不肯住院，怕花钱，又记挂着工地上没人做事，所以没等门诊检查结果出来，第二天她就跑回了广东。直到过了两个月，她的腹部整晚整晚地疼，疼得实在受不了，才辗转回来检查。这一查，已是癌症晚期。

此时的小姨夫依然在广东忙着"工作"，是妈妈陪着小姨拿到的结果，她看着整晚都疼得无法入眠的小姨，心如刀绞。她想不通，小姨为何这般不爱惜自己的身体，痛到这个地步才肯就医；她也想不通，枕边人已经病到这般程度，为何小姨夫丝毫没有察觉……

知道结果的小姨夫依然没有回来，或许是在逃避，或许确实是在赚钱。在医院照顾小姨的一直是妈妈和舅舅。小姨的最后一个生日时，妈妈问小姨有什么心愿，小姨说想起过年时妈妈和舅妈都戴上了金饰，她也想戴，只是一直没有说。当地的风俗是，赚了钱的男人，第一件事就是给妻子买金饰，补上当年的"五金"。

妈妈和舅舅的眼泪当场就流出来了，可是小姨夫并没有回来陪小姨过最后一个生日。小姨生日那天，舅舅和妈妈给她买了一条金项链——那是她戴过的唯一的饰物。过完生日后，小姨就离世了。

小姨去世后，为她伤心、心疼的是她的老母亲和她的哥哥姐姐们，而她心心念念的丈夫在她离世后不久，便又结识了另一个女人。

"我不服气！我就要去看看！"小舅舅忽然就站起来往外冲，还没等我们走过去，车子已如离弦的箭一样飞去。

我们本来以为会看到舅舅怒骂甚至怒打小姨夫的场面，可是等我们手忙脚乱地来到小姨夫家时，发现这里出奇地安静。

走进去时，只见两鬓斑白的小姨夫在对着小舅舅哭，小舅舅手中递给他的是家里人给小姨买的那条金项链。

"以后对自己的女人好一点儿！不要再……"舅舅眼睛一红，有些哽咽了，给小姨的遗像磕了三个头，便走了。

我们跟着一声不吭的小舅舅回到家，他把茶杯推到大家面前，接着告诉我们："喝吧，今天是立春啊！"

原来，小舅舅在抡起拳头的那一刻，发现小姨夫在半年内迅速地苍老了，小舅舅想起老人常说的人生三大不幸，于少年丧父，中年丧妻，瞬间就打不下去了，竟改成问小姨夫过得怎么样。

小姨夫告诉他，自己过得很不好，工地上很多事情一团糟，就连工程款都没有结到，更别说为了给小姨治病而欠下的债了。当时舅舅突然就看开了。

立春的意义便在于严寒过去，春天就要来临。春有百花秋有月，夏有凉风冬有雪，生、老、病、死谁也不能避免。辜负别人的人同样也会被别人辜负；懂得付出的人，说不定只是去了另外一个世界享福。尘世的我们何必跟自己过不去呢？

随着苦涩的茶味，口中竟然泛起淡淡的清甜茶香。

对于被癌症折磨、对爱情失望的小姨来说，死亡未尝不是一种解脱，而小姨去世后，立刻找到新女友的小姨夫能够好好地生活不正是小姨希望的吗？

因果循环往复。

人生何尝不如茶，闻着馨香、看着美好时，不料入口时满口苦涩，但是苦涩过后，也会有那么一丝清甜。

茶事毕，心底的事也没有那么沉重了。严寒过去，春天就会到来。

雨 水

樱花茶，芳华璀璨红似锦

旅居日本的好友在春节回国探亲的时候，特意送了我一罐樱花茶，一朵朵粉红的樱花在铁罐里保存得完整而美丽。

好友告诉我，这罐樱花茶成于樱花最为烂漫的阳春三月，日本人把盛放的樱花收集起来，古法盐渍后细细保存起来便是樱花茶，这是他们走亲访友的首选礼品。樱花茶的泡饮也是有讲究的，要先洗去樱花茶的盐分，再用透明的玻璃杯冲泡。当沸水冲入杯中时，一朵朵樱花便在清透的杯中绽放，一朵一朵开得轻柔烂漫，如同一个个漂浮在杯中的梦，俯首轻闻，香气淡雅，举杯轻啜，沁人心脾。

好茶要等待一个有心人，也要等待一个好时节，比如樱花茶，最适合樱花盛开的是雨水时节。我和好友当即约定，雨水那天一起赏樱喝茶，哪怕她回日本了，也要一起隔空视频对坐，举行一场茶会。

"好雨知时节，当春乃发生。"春天的雨格外温柔，如柳丝，似春风，细细密密地飘然而落，正是这样春雨缠绵的时节，雨水节气翩然而至。

雨水，立春以后的第二个节气，意在严冬已过，雨水缠绵。《月令七十二候集解》："正月中，天一生水。春始属木，然生木者必水也，故立春后继之雨水。且东风既解冻，则散而为雨矣。"意思是说，雨水节气前后，万物开始萌动，春天已然到来。

每次回家，我总忍不住一次又一次地遥望不远处那片樱花林，期待着花开，却见枝丫清寒。不想在雨水的前一天，蓦然发现在温柔绵密的春雨中，樱花仿佛是在一夜之间盛开的。如云似锦，如烟似梦，在春天里，一片片美得极致而耀眼。

这个雨水偏偏还是晴好天气，步入樱花林，一朵一朵樱花尽情地绽放，樱花树落红无数，在松软的草地和樱花瓣上铺上垫子，再在其上放上红泥小火炉，清洗过的樱花茶被沸水一泡，便如仙梦一般升腾起来，漂浮在透明的杯中，微风轻拂，一瓣瓣樱花飘落，落入杯中便是一点点粉红的星光。樱花林中本是花香袭人，杯中的香气升腾起来，更让这茶香如梦似幻。

"真美呀，家乡的樱花真心不比国外的差，甚至还要美上几分！"好友在视频的那头感叹道。

"那你还跑到日本去？"我嗔道，"不就是漫画，哪里不能画？"

"可你知道我是喜欢樱花的，樱花开的时候，那种感觉很美的，每一朵花都是一种特别的开放，如青春，如芳华，你能理解那种感觉，对吗？"

"嗯，那种感觉叫尽情，叫决绝，哪怕知道等待它的是凋零，它也抓住当下，尽情开放，美得尽情，美得决绝。"

"人们常说：'最是人间留不住，朱颜辞镜花辞树'，却不知道人活一生，花开一世，各有各的活法。虽然我在国内也能算作翘楚，可我不愿意虚度，总想做得更好，在有世界各国精英聚集的异国他乡遇到更好的时机，得到更好的锻炼。虽然大家都觉得女孩子没必要漂泊异乡，可是我不愿意，我就想趁着年轻、趁着机遇，像樱花一样，在自己最美的年纪、最美的时分，轰轰烈烈地绽放一回，才算没有辜负到这世上走一遭，因为一旦错过，说不定就是错过了此生最美的绽放。"

好友的话犹如暮鼓晨钟，在我平静的心头蓦然敲响，眼前仿佛一片荒芜，什么话都说不出来，身边的一切风吹花落仿佛已经静止，只能听得到视频那头的她缓缓吟道："昨日雪如花，今日花如雪。山樱如美人，红颜易消歇。"

诗歌尽处，漫山遍野的樱花如雪、如梦，风吹过，落如雨。谁也不知道这样尽情地美丽开放中，究竟饱含了多少将芳华孤注一掷的决绝。因为谁也不会想知道，今日之绚丽竟会是明日之落英，今日之红花竟会是明日之尘土。

可是这世间的人和事又有多少能真正尽情恣意、绽放如斯呢？

我若是养在闺中无人识的古代仕女，在出阁之日金风玉露一相逢，我也会在盛装之下，露出我此生最美的微笑；我若是寒窗苦读数十年的学子，在金榜题名时春风得意马蹄疾，我也会在红袍艳阳下，骑马倚斜桥，满楼红袖招；我若是无知无畏的稚子，凡事都不问结果和对错，只图我此刻的单纯快乐；我若是剑术高超的剑客，左手执剑，右手调琴，仗剑天涯，只为走西风的豪放逍遥……

只可惜我都不是，我只是古往今来独一无二却平凡谨慎的我，我渴望尽情绽放，却总是辜负芳华，在这年华的流逝中辗转反侧，直到这一刻，才在樱花的尽情飞舞中豁然开朗：红颜易老，刹那芳华，人生几何，何不对酒当歌？

该努力时努力，该尽情时尽情，只因为我是这样普通却又特别的我。人世间总有小小的目标和愿望是我心心念念要去实现的，总有小小的幸福和成就是我心心念念渴望拥有的，我只要对酒当歌、活在当下，把每一天都当成

生命中最美的花期，把每个瞬间活出樱花飞舞的尽情潇洒。

茶会结束，樱落无言，花开花落，都是尽情和决绝。一场花事一场春，一场茶会是人生。岁月的流逝从不驻足，而茶与花香却萦绕绵长。

饮坠露，茶味不同于想象

雨水是一个充满诗意的节气，不管下不下雨，只要想起今天是雨水，心中就充满了花雨缠绵的诗情画意、当歌、对酒、诗画、踏青、品茶。

我应茶友之约，来到她家的茶山上试新茶。

在云雾缭绕的高山之上，空气湿润的茶园一片新绿，整齐的茶树宛如一条条长龙蜿蜒在云雾之间，采茶女穿梭其中，雨水的到来让她们开始繁忙起来，"明前，雨后"便是清明、雨水前后的茶，这个时候的茶树刚刚发芽，采摘的茶叶是最好的，富含可以抗癌的茶多酚，所以采茶女都忙着采摘今年的雨水茶，各色的斗笠下，一个个俏丽的身影点缀在新绿里，构成一幅雨水采茶图。

孩子们更愿意用他们的青春和活力来铭记这个特别的日子，比如，在这难得的雨水晴天，忙趁东风放纸鸢。

跟着采茶女过来的孩子们在茶园间牵着风筝奔跑，在草长莺飞的二月天里编织着一道道美丽的彩虹。

　　然而，茶园中最让我觉得耀眼的却是那一群采茶女中稍微有些步履蹒跚的身影，青竹斗笠依然和采茶女一般无二，可是采茶速度和手法明显不同。走得近了才会发现这群欢声笑语不断的采茶女竟然是一群老人家。她们认真而迅速地采摘着，效率甚至要比年轻人高，手指飞点间很快就可摘一把，然后往茶篓里丢去，茶叶在她们手里聚散成尘世里最清新的时空烟水。

　　"我可不是虐待老人啊！"茶友见我盯着老人们瞧，便道，"这些都是在茶山上采摘了一辈子的老人，茶园都给买了养老保险的。她们退休了都不愿意离开这里，甚至都跟我爸提出不要工资，就搭公司的车上来走走，等到了实在走不动的时候，她们就不上来了。刚开始，我们担心她们在山上出事，可是她们经常自己租三轮车上山来，甚至帮忙采茶，我们都有些不好意思了，于是只好答应让她们在这里工作。你看看她们采茶又快又好，年龄丝毫没有影响她们的工作效率和心情。"

　　茶园的休息亭完全属于田园格调，简单的原木柱子，上面覆盖着错落有序的茅草，遮雨又遮阳；中间的小木桌上摆放着茶具，新摘的雨水茶刚制成便拿了过来，开水冲入，茶香升腾，颜色鲜亮的茶叶绽放成一朵朵轻漂的花，茶水越久越弥香，颜色也越加深沉。

我觉得雨水茶因为吸收了过多的水分，所含雨水较多，总是免不了稀薄，所以哪怕闻着清香，也还是做好准备轻抿一口，岂料一股醇厚的清香沁入心脾，瞬间口齿噙香，让人心明眼亮。

"这是新摘的雨水茶？"我诧异道。

"意外吧？"茶友笑得眯起了眼，"都说雨后茶苦涩，可是我家的丝毫没有那种苦涩稀薄的感觉，对吧？"

我点头表示认同，茶友则指了指茶园："产好茶除了茶园的地形，最主要的就是这里的茶园老人的功劳啦，不仅采茶人采摘的时候特意选取过，而且制茶人杀青、揉捻的技艺和经验都拿捏得很到位。这些老员工在这里做了几十年，拥有丰富的采茶、制茶经验，她们手把手带着徒弟采摘，制作出来的茶叶自然少了那种苦涩。家有一老，如有一宝，我们的茶园也是呀！"

"茶味不同于想象，茶园也是。"

"是呀！我们也不曾想到，正是因为有了他们，这个茶园才更有生命力。都说孩子和年轻人是生命力，可是这群老人才是这里的生力军，是我们茶园独有的茶道传承。"

"他们给予茶园以青春和传承，茶园也给了他们善意和温暖，他们在这里终老，也是幸福的。除此之外，我想没有更好的一方山水可以和他们的年华一起流逝，也没有更好的一种传承可以让他们生活得尽兴淋漓。"

春风和煦，吹动了孩子们的风筝高飞，也掀起了采茶女斗笠上的轻纱，有谁会想到这碧绿的茶园里会静静地展开一场关于老去和生命力的对话，一场不同于想象的品茶？

我什么时候老去？哪一年、哪一岁？我不知道，我只知道客居岁月，黎明时出走半生，总要在暮色里归来，只要归来时还有一方绿土可以包容和接纳，让我的宿命有所皈依，那么我的老去便能从容和舒缓，而不再成为心中的包袱和负担。

我是一个到了这个年纪还能如此富有生命力的人吗？我不知道，我只知道烟火人间，我和所有处在这个太平盛世的女子一样，喜爱自己青春的容颜，抗拒年迈和衰老。只要一路上有人给我关怀和温暖，我便充满感激，便看得到生命的传承，感觉得到活力和希望，这让我感觉年龄和阅历都是如此动人的存在，让我更有勇气去面对那些人生必经的阶段。

低头轻啜，茶味不同于想象，生命不同于想象。

第二辑

三月：桃花渡，梦里寻她千百度

"微雨众卉新，一雷惊蛰始。"惊蛰，大自然用雷声惊醒万物的日子。"蛰虫惊而出走"，万物开始复苏。

惊　蛰

惊蛰始，万物生长茶脱壳

"微雨众卉新，一雷惊蛰始。"惊蛰，大自然用雷声惊醒万物的日子。"蛰虫惊而出走"，万物开始复苏。

惊蛰动，茶事始。

一千多年前，宋代大文豪欧阳修在其诗里写到茶树："万木寒凝睡不醒，唯有此树先萌芽。"当万物处在刚刚睡醒，对乍暖还寒的天气"不敢轻举妄动"的状态中时，茶树已经开始萌芽，让它们迫不及待地除了爱茶人的期待，还有茶农们的"喊山"。

喊山是一种古老的祭祀风俗，始于唐而盛于宋，元、明时成了官方祭祀活动，并且极为隆重。当时皇帝在武夷山设皇家贡焙局（御茶园官场），并筑五尺高台，称为"喊山台"，旨在祈求上天保佑茶事顺利，茶叶丰收。二十四节气中的惊蛰被定为祭茶喊山日。喊山活动也成为武夷山乃至中国茶史上的重要活动。

这个惊蛰，我来到武夷山，只为感受这古老茶事中的灵韵和神奇。

程程是我写文时认识的好友，一位嫁到武夷山脚下的北方人。她早早地开车到车站接我时说："你不知道，喊山可热闹了！我嫁到这里三年，每年都要被当地人的朋友圈刷屏，今年终于能陪你去看一看，也刷一波他们的朋友圈了！"

"那是！冬天太漫长，总有种没睡醒的感觉，我也需要一场喊山来振奋一下！"

南方的春天总是来得更早一些，武夷山的惊蛰日早已经绿意盎然。汽车穿梭在云横雾绕的盘山公路上，不一会儿，就来到了武夷山御茶园。这一路如同穿过童话中的迷雾森林，步入钟灵毓秀的神仙住处。一条条绿色长龙在群山峻岭之间蜿蜒盘旋。步入御茶园，满园茶香，满目青翠；满垄茶香，满山烟云。这样秀美的地方能够出产好茶，一点儿也不让人感到意外。

武夷山的种茶人早已经在茶垄间设置好了祭台。随着主祭一声令下，采茶女端着茶水点心等祭品依次而入，主祭念完祭词，大家开始静默焚香，祭祀茶神。

祭毕，鸣金击鼓，红烛高燃，身着祭祀服、头戴面具的舞者跳起了欢快的祭祀舞蹈，鞭炮声、鼓乐声响彻群山。茶农和茶女们都聚集在喊山台下开始高喊："茶发芽！茶发芽！"

那叫喊声中带着喜悦和期待，浑厚而清越，穿透群山和层云，带来阵阵回响，整个茶园在这响彻天地的喊山中，仿佛瞬间注入了生机，每一片茶叶、每一垄茶垄都有了生命力，连带着天边的云雾、远山的树木都在这震耳欲聋的喊声中，从冬天刚睡醒的惺忪中瞬间清醒过来。

"茶事在我眼中一直是春花秋月，惜别赏雪，却不想还有这样的茶事！"程程感叹道。

"果然是感觉整个人都被叫醒了！"我笑道，"跟这武夷山一起，和这春茶一起。"

"可不仅仅是叫醒春茶！"程程道，"我在武夷山这几年倒是知道了，一方山水一方神，喊山祭茶并不仅仅是一种祭祀仪式，祭茶和喊山是两项活动并举，祭茶仪式庄严慎重，是对茶神的崇拜，表达茶乡人的敬畏之心；喊山则是对山神凶煞之气的震撼，茶人和山民们的呐喊雄壮有力，是一种浩荡的人气冲击，有相当大的威慑力，结合众人祈求的祥和氛围，可以降服凶煞。"

"更主要的，应该还是震慑冬天的余寒吧！整个人这么一喊，自己都觉得暖和了，春意自然来了，茶树也感染到了，自然开始抽芽了。"

"你看看这些茶树，都已经萌芽了，两片嫩叶如同两面舒展的小红旗一般，又像是古代的枪，这就是有名的'两旗一枪'，而这些嫩芽还有一个美称，叫'灵芽'。"

"灵芽？"

"武夷山的灵芽最是有名，因为它们生长在武夷山的层峦叠翠之间，很多都已经生长了千百年，已经是具有灵性的益草灵芽了。"

"怪不得呢！"我点头道。

"只是茶尤如此，那么人呢？要是人也有人喊山，那就好了！"

我不由得细细品味，内心波涛翻滚。

生命在最弥久和最初的时候，往往是最美好的。就像这茶叶，一切都是弥久的、经年的，可是一切又都是初醒的、萌动的，就好像我们的平淡生活弥久，也需要春天。

因为刚刚经历了寒冬的残酷，所以到了春天发出来的一切嫩芽都是新的，不曾见过风雨，也不曾经过寒霜，它们无忧无虑，无知无惧。

它们千百年都有一个发芽的执念，就等待着惊蛰这一日的唤醒，于是在这庄严的祭祀声中，它们觉醒，在这热烈地喊山声中，它们奋发，它们挣脱了以往的桎梏，找回了它们历久弥坚的灵气和天性，开始无忧无虑地生长起来。

人呢？我们的一生中，又有谁能一年一度的在这春雷阵阵的惊蛰中给我们一场惊天动地的喊山来唤醒我们内心深处最初的美好，来摆脱困扰我们的桎梏？

春风吹面，满怀茶香。我仔细看去，只见春风轻拂之中，无数小"旗"飘荡，尖"枪"招展，此刻，轻云散去，阳光明媚，满园绿茶在阳光下璀璨生辉。

茶花茶，雪里开花到春晚

惊蛰时分，茶花终于开到荼蘼。

年前茶花刚开的时候，素来爱茶的好友倩倩顾不上拉我去看茶花，而是拉着我一遍遍地逛街，要买最美的衣服，要做最漂亮的指甲，还要烫最潮的头发，如同要奔赴一场盛宴。

而她要去的是一场初中同学十五年的聚会。聚会上，她要展现给在她心目中最美的一个人——初中暗恋的男同桌。我不止一次听倩倩说过他的帅气和优秀，她的迷恋和自卑，还有她爱他，可是他却喜欢班花的狗血剧情，后来男同桌出国留学去了。甚至这么多年，倩倩之所以一直单身和奋斗，就是想能够以最优秀的姿态和他重逢。

茶花越开越盛，过年时聚会的日期越来越近，我们也越来越忙。等到倩倩约我看茶花荼蘼时，我才发现时光流转，已是惊蛰。

小城古老的茶花园里，茶花已经荼蘼，游客已经散尽，这时的我们携一壶清茶来到亭间，脚上都已沾上了落红。

"今天我们不说茶，就说这茶花。"倩倩不改一向优雅的姿态给我倒了一杯茶，脸上又像是沮丧，又像是解脱："暗恋就像这茶花，经历风霜雨雪，还

不如春天阳光照过来的那一眼。"

"怎么说呢？"我很是疑惑，"不是说过年聚会见到了吗？不是说还很优秀吗？"

"是啊！可那都是加了光环之后的呀！"倩倩沮丧地回答道。

原来，就在这次聚会上，倩倩见到的那个他确实事业有成，意气风发，可是才三十岁出头的他却也大腹便便，皮肤松弛，完全不是美颜相机照出来的帅气模样。他身边的小妻子也不是倩倩想象中的美丽优雅，而是顶着一张和她晒出来的照片相差颇大的注射玻尿酸过多的脸，她笑容僵硬，妆容浓烈，见面第一句话就是问倩倩："你这双眼皮挺不错啊！哪儿整的？"倩倩尴尬到只好笑答："是娘胎里整好的。"

而他当年暗恋的班花也早早成为两个孩子的妈妈，带着臃肿的游泳圈和满脸的疲惫，虽然亮晃晃的钻戒闪花了大家的眼，可粗糙的双手和厚厚的粉底都遮盖不住的斑点和蜡黄却掩盖不住她的落寞和失意。

站在她们中间，倩倩突然发现，经济独立、事业有成而又保养良好的自己并没有想象中的那么不堪，反而带着一点儿自信和骄傲。而那些年执着的暗恋也在这一刻如同茶花荼蘼，铺天盖地地飘落下来。

"后悔吗？"我问。

"怎么会！至少不负青春、不负我！"倩倩笑道。

春风吹来，满园茶花经历了风霜雨雪，却在这温润的春风中悠然飘落，朱红碧紫，一片片、一层层落满茶园。

作为雪里开花到春晚的鲜花，茶花一朵一朵开得小心谨慎，如同那年少暗恋的心，小心翼翼地掩藏其少女心事；却又顽强地坚持，如同那傻气却倔强的青春，不管风霜雨雪，一爱就是经年。可是这一切都抵不过春风一场，所有的细节都暴露在阳光下，于是她知道时辰已至，她该优雅地谢场了。

盛开之后，无须叹息，也无须后悔，至少不辜负这倾国倾城色，还留下当年的执着在荡气回肠。

春　分

香染至，桃花流水春茶事

"雨霁风光，春分天气。千花百卉争明媚。"从惊蛰到春分，江南大地已经是万物生长，满城花香，桃红李白迎春黄。

春风三月桃花季，今年春分，我约爱人一起制作桃花茶。

在这个阳光烂漫的春分日，我们携手来到城外深山中荒废已久的老桃林。

寂静的深林中，粉嫩的桃红铺满了整个山谷，如海如云，桃花云上，金黄的阳光一泻如虹。在这样粉妆玉砌的桃花丛中，我们拾取最新鲜的桃花瓣，

摘取最清新的桃花，回家放盐水浸泡清洗，捞出放在通风处风干，一周左右以后，清新如初的桃花茶便做好了。

刚开始，爱人颇为不愿，总觉得我这样是风花雪月的折腾，也只是耐着性子陪我"折腾"，等到桃花茶制成，我放好茶具，邀他在阳台对坐饮茶时，他却于"折腾"中有了品茶的兴致，也认真地来捧场了。

将整朵桃花和数枚花瓣放入透明的杯中，然后倒入开水冲泡，粉嫩的桃花便在杯中绽放开来，周围围绕着点点花瓣慢慢在杯中升腾散开，随着袅袅升腾的热气，演绎成赏心悦目的景致，并散发出清新自然的花香。

"不是刚开学，工作一直很不顺，电话也一直响个不停，经常嚷嚷着很烦吗？"爱人贪婪地闻了闻茶香，看着我不紧不慢地倒茶，不由得道。

"是啊，生活中多是一地鸡毛，可是我还是要把我的日子过成诗呀！"我笑眯眯地请他喝茶，"我这么喜欢风花雪月的一个人，如果也随波逐流、听之任之，那么多浪费我的青春呀！"

"有道理，这我可得拿小本子记下来。"

"本来就是，生活不是我放弃诗意的理由呀！"

"有点意思！"爱人由衷地赞叹道，"我觉得，不管是静坐喝茶，还是倚楼听雨，你是真能把琐碎嘈杂的生活过成诗的。"

这个赞叹让我很得意。

天地洪荒，宇宙苍茫，我们的一生漫长而又苦短；酸甜苦辣，享乐挣扎，我们的生活平凡而又渺茫。

真正的生活或许并不诗意，而是写满了柴米油盐、悲欢离合，孩子、车子、房子、票子……就能让一个满怀诗意的梦想家感受到生活的残酷本质。可是，这并不是放弃诗意生活的理由呀！

唐伯虎仕途失意，闲居桃花坞，以卖文卖画为生，未必不是诗酒逍遥；李白谪居辗转，携酒江湖，仗剑千里，也写出了万丈诗情。

每天想着柴米油盐、尔虞我诈，生活怎不一地鸡毛、不堪入目呢？每天多花点时间在诗意的事情上面，生活就会精彩很多啊！就是不品茶，那么品酒，读书，抑或是陪陪家人，或者看一朵花开，等一只燕来，说不定也能发现生活除了嘈杂的琐碎，还有无限的可能呢。

生活从来都不会因为我们对它的态度而放弃它的本来面目，我们无法改变的东西太多，能改变的只有我们的态度。

举杯对饮，花香入口，这一场春分的茶事余韵如诗。

石上花，石垆敲火试新茶

林泉深处足烟霞，流水寒云八九家。

江客帆樯悬网罟，野人篱落带桑麻。

案头墨迹儿临帖，灯下车声妇络纱。

待到春风二三月，石垆敲火试新茶。

进入春分，春光变得明媚，燕子从南方飞回来了，小麦也从地里拔出节了。草长莺飞，惠风和畅，春雷阵阵。所以古人说春分有三候："一候元鸟至，二候雷乃发声，三候始电。"

在这个春分，我们候来了燕子，候来了春雷，候来了春雨，也候来了明媚的春光。于是茶友也想趁着这春风二三月，找一方林泉深处、流水人家，石垆敲火试新茶。

我世居江南，出身山野，儿时就经常到离家不远的大山深处寻找大自然的宝藏，所以当茶友将选址权交给我时，我自然而然地就想到了这里。于是两三茶友收拾好行李工具，朝着深山进发。

"水清石出鱼可数，林深无人鸟相呼。"越往深处走，越是草木繁茂，静水流深。茶友阳是生意人，一路上总有各种电话接打，显得有点嘈杂，好在大家游性正酣，陶醉在这山光水色之中。

待到我将大家带到我们的目的地——瀑布下面的山石处——时，茶友早已雀跃："就是这里了！"

拿出随身携带的小燃气炉和茶具茶叶，净手、烫器、请茶、洗茶，本来是清净闲适的几个步骤，却因为茶友阳接了几个业务电话而变得有些突兀，深山信号不佳，茶友阳的声音免不了大了一点儿，其他茶友已经微微皱起了眉。

"不好意思啊！就是太忙了，所以想喝杯茶静一静。"茶友阳不好意思地朝我们笑了笑。

可是无巧不成书，正在她说完抱歉时，摆在"石桌"上的电话再次响起，一时间，大家都尴尬起来。

"那就关了吧！"倩倩果断伸出手按下静音键，"别纠结！"

阳虽然面有不忍，可是看到我们期待的眼神，还是挣扎着点了点头。

在这片绿色的深海中，高大的树木交错地生长着，撑起一片绿色的天空，白色的瀑布如虹如练，将这绿海揉搓开来，撑出一片蓝天白日，也泻入耀眼的春阳。瀑布处飞花溅玉，水声如雷，而我们的坐处恰好在瀑布下方的水流缓处，既避开了激流，又能观赏美景，溪水环绕着我们流过，竟有种曲水流觞的雅致。

茶汤初沸，馨香袅袅，伴着空气中朦胧的水汽，耳边潺潺的流水竟然真的有着让人从浮躁的尘世中脱离出来的力量。一时间，我们都没了言语，静静地沉醉在山水茶味之间。

"茶义不可思议！"感叹声打破了满山的静谧。

"以茶静心，不是放下，就是忍耐。想象自己是一棵静默的树，一壶经久的茶，而不是一片招摇的枝叶，一阵暴躁的狂风。"倩倩的声音如同清茶环绕，回响在耳边。

"嗯，原来真正的心静还是在于放下外物！"阳果断地关了机，"原来这么久没有接电话打电话，我的生活并没有受影响呀！"

在这个远离喧嚣的仙境中，随着茶香茶韵，将你的心慢慢沉静下来，慢慢地，哪怕红尘滚滚，但内心依然清明。可是尘世的我们，纠缠于世俗纷扰，又有几个能真正静下心来完全摒弃外物的干扰，对明月，饮清风？

第三辑
四月：正清明，风光无限少年心

　　二十四节气都有着令人拍案叫绝的名字，意味深长，却又清新恰当。比如，清明，取自天清地明，《岁时问》中有言："万物生长此时，皆清洁而明净，故谓之清明。"清明时节，天地清明，草木繁茂。

清 明

清洁明净，万丈红尘一杯茶

二十四节气都有着令人拍案叫绝的名字，意味深长，却又清新恰当。比如，清明，取自天清地明，《岁时问》中有言："万物生长此时，皆清洁而明净，故谓之清明。"清明时节，天地清明，草木繁茂。

古时贡茶求早求珍，光是春茶就分为社前茶、明前茶和雨前茶。

社前是春社前，大约在春分时节，比清明早半个月，这时采制的茶叶更加细嫩和珍贵。最具代表性的社前茶当属我国唐代要求每年在清明日运至长

安的紫笋贡茶。古时采制于湖州长兴的顾渚紫笋茶，制成后当即用快马日夜
兼程运到长安，准时出现在每年皇宫的清明宴上。

明前茶采于清明节前，这时候的茶叶，虫害少，芽叶嫩，色香味美，是
茶中佳品。同时，因为达到采摘标准的产量很少，所以又有"明前茶，贵如
金"之说。我们熟知的龙井茶就属明前茶。曾经乾隆皇帝下江南时在杭州龙
井观看龙井茶采制时作《观采茶作歌》，其中有一句"火前嫩、火后老，唯有
骑火品最好"，指的就是龙井茶的采制过早太嫩，过迟则太老，唯独在清明前
一日采制的品质刚刚好。

雨前茶采于谷雨前，这段时间的气温迅速升高，芽叶生长相对较快，含
的茶多酚也较多，采制而成的雨前茶余韵悠长，鲜浓耐泡。江浙一带的炒青
绿茶绝大多数都是雨前茶。

明前之茶，清香袭人，妙不可言。它是从冬天萌醒的第一批灵芽，蕴含
着冬天寒风雨雪的冷冽，吸收了新春暖风细雨的温阳，所以无忧无惧，至纯
至真。它的珍贵不在于它采摘辛苦而产生的奢侈价值，不在于它有沐风栉雨
的经寒岁月，不在于它是早悟春光的草木灵芽，而在于它轻写流年的洗净
铅华。

在清明和茶友对饮明前茶。茶友告诉我，杯中小小的明前茶经历了磨炼
采制后，更是储存安放了若干年，自然发酵，再在沸水中几经沉浮，才有今

日的醇厚浓香。

这样的曲折经历让我瞠目结舌。这小小的茶叶，光是在风霜雨露里成长还不够，揉制磨炼还不够，竟然还要自然发酵、几经沉浮吗？

"茶要经过无数沉浮后才有浓香，如同人要经过千万磨炼后才能坚韧。"茶友端起茶壶给我倒茶。

茶壶中的茶叶经历了沉浮翻滚后，最终归于平静，沉入壶底，如同人生的浮浮沉沉最终归于尘土一样。握住手中这杯小小的茶，我的心如茶汤翻滚。

大千世界，人海茫茫，我们又何尝不是一片小小的茶叶呢？

我们在家庭的大茶园里出生，在学校的大茶场里揉捻，在社会的大茶壶中浮沉翻滚，经过杀青揉捻，反复磨炼，沸水翻腾几度沉浮，终于真实地感受到了现实的荒芜。

苦痛挣扎，皮相复杂，命运何尝不是那一壶滚热的沸水？

我们在沸水中痛苦挣扎，却又柔和舒展，终于完成与命运的融合，感受到了生命的醇香厚重，于是才惊喜地发现，之前的种种都是一种升华。

人们爱茶，想必爱的不仅仅是这一汪热气袅袅的韵致，而且更爱这暖气融融的生机吧。

西湖烟笼，明前龙井女儿红

"清明时节雨纷纷，路上行人欲断魂。"

一场清明洁净的春雨过后，柳丝风扬，花落成怅，清明草长，魂断笛殇。

春天里，我们为新生的事物而欣喜，也为逝去的人事而怀念。正因为新旧更替，才有了一个又一个的仲春，才有了清明这个专门让人怀念的节气。

在清明假日，我来到春日里淡烟笼月的杭州西湖，只为静饮一杯叫怀念的龙井。

清明时期的西湖淡如佳人，清似佳茗。西湖旁边的龙井茶区游人如织，这里盛产着令无数爱茶人向往的明前龙井茶，特级龙井色泽绿润，香气鲜嫩，茶味甘醇，叶底呈朵，美称"女儿红"。"院外风荷西子笑，明前龙井女儿红"便是对西湖龙井茶的绝妙写照。

刚经历了家乡的祭祖，我走过一垄垄茶树，穿过一片片茶香，脑海里升腾着家乡的旧事旧物，还有那些逝去的故人。

最爱茶的爷爷自小疼我，在我的印象里，他总是笑呵呵地端着他的大茶杯，高兴不高兴都啜一口，只是到了每年清明，他总会放下茶杯，换成小茶壶，给祭桌上倒好茶，叫我去磕头，跪拜那位我未曾谋面的奶奶，还有其他祖先。

我小时候不懂事，总喜欢缠着爷爷买这买那，要是我想买什么爸妈不同意，我只需要给爷爷泡好茶端过去，爷爷就会偷偷给我想办法。只是等我有能力给他老人家买这买那的时候，他已经离开了。

外公也去得很早，在我的印象里，他总是担心妈妈辛劳，来帮忙耕田播种，每次都是我去田间给他老人家送茶，早春的新茶只能缓解他佝偻着背在田间的辛苦，却不能减轻他身上的重担。他老人家操劳一世，却早早地离去了，没有享受到时代的进步和儿孙成长给他带来的清闲。在外婆家的旧屋里，至今依然保存着外公当年用过的犁耙和锄头等农具，虽然早已经不种田，但外婆依然把它们擦得干干净净的。每年清明，外婆总是絮絮叨叨地跟它们诉说现在的犁田机和收割机的神奇。

太奶奶也是带我到大的人，在我的印象里，每年清明前她都会带我上茶园采茶，回来制成茶叶，在清明这天给祖先奉上。只是我少时顽皮，不懂得安心采摘那些嫩绿的茶叶，也不懂得揉制茶叶的期待与辛劳，我只是贪恋蜂蝶的飞舞和灿烂的阳光。等到现在想要自己采制明前茶的时候，已是儿女绕膝，我终于能体会到采茶的心境了，而身边却没有了当年的采茶人。

逝者已矣，却永远活在我们的记忆里，妥善保存，在每个清明微雨或者某个日出黄昏，伴随着缕缕茶香，心中泛起丝丝回忆的馨香。

西湖边的茶庄至今依然珍藏着多年前的茶叶，它们安静地躺在玻璃橱窗里，旁边的讲解员不厌其烦地向参观者细数这些茶叶的来历，让人惊讶的是，这些茶叶竟然也是千百年来西湖边见证着龙井茶传奇的旧物：历年历代都有所珍藏，竟然保存至今！

这一包包茶叶由谁采制？这一垄垄茶树又由谁栽培？说不清，道不尽。

四季总是一年又一年地更替，清明总是一年又一年地到来，生命的轮回如同这世间的四季，一年一年，一代一代，世世代代，我们总想留住些什么，可是又总是失去些什么。不变的只有一代又一代人在茶树中穿梭时对茶香的期待，一代又一代人在茶园里采摘后对茶叶慎重的珍藏。

茶叶之所以需要珍藏，是因为它本身就是一种珍藏，如同回忆。于是才有人在这样茶香袅袅的清明，唤起珍藏的回忆馨香。

谷 雨

茶煎谷雨，晴窗细乳戏分茶

茶知谷雨，酒寄清明。

谷雨，谷之初乳。谷雨节气，江南迎来每年第一场大雨，草木得水而活，得到一年中天地最早的一股乳汁，水草丰茂，万木吐翠，蕴含着无限向上的能量。

谷雨茶便是趁着这能量迸发的时候撷取的精华。谷雨时节也正是茶农采茶、收茶、制茶的好时节。有茶农认为只有谷雨这天清晨的茶叶才是真正吸取了天地精华的草木灵芽。江南一带传说谷雨当天采摘的茶叶最具灵气，有

清火、辟邪、明目等功效，甚至能让白骨重生，逝者复活。所以谷雨这天，不管天气如何，人们都会去茶山上摘取新鲜的谷雨茶。因为在他们眼里，只有这天上午采摘的新鲜茶叶制成的干茶才是真正的谷雨茶。因而在南方，很多地方的谷雨茶都是留下来自己喝或者招待贵客用的。

我自幼生长在南方的茶山之下，后山的茶园主人家对我们这群乡村小孩而言是一家高山仰止的存在，那位人家的老爷爷不仅有学识，会写字，据说还会在茶上作画——后来我才知道，所谓茶上作画应该就是传说中失传于清末的茶百戏。

茶百戏，又称为分茶、水丹青。可以理解为在茶水之上用泡沫作画，却不是用画笔，而是沸水（汤）冲（注）茶，使茶乳幻变成图形或字迹，茶百戏酝酿于唐末五代，形成于北宋初期，流行于两宋，衰于元，亡于清代后期。在古代，茶文化不仅有丹青百戏与之结合，更有不少文人与之结合，陆游、李清照、杨万里等文人志士无不精于分茶，留下不少和茶有关的诗词，比如"晴窗细乳戏分茶"。

只可惜少时的我们并不懂得"晴窗细乳戏分茶"的雅致，也不知道这种技艺的珍贵和不可替代的艺术价值。当时我们诧异的只是茶园主人家明显好于我们的条件和环境，以及他们家好看的小哥哥和我们这群乡野顽童全然不同的气质，我们长大了才知道，他就是书里说的"翩翩绝世佳公子"。

"陌上人如玉，公子世无双"等诗句用在他身上丝毫不为过，因为那就是门第里熏染出来的丰神毓秀、清雅出尘。

那个好看的小哥哥是茶园主人的玄孙，他的小名便是雨前。据说茶园主人也有儿孙，但是茶园主人在动荡的岁月中死也不肯放弃茶园，以至于他的儿孙都离他而去，他老人家一直死守在这里，终于熬到了好时代，不知道他从哪里拿出了一些藏起来的祖产变卖了，又重新将茶园打理起来。

茶园主人将茶园做得有声有色，他的儿孙也想回来继承这个茶园，也想窥探茶园主人手里到底还有多少财宝，可都被茶园主人挡了回去，老人家有好几个玄孙，他却独留下了这个玄孙在身边，雨前便是茶园主人给他取的小名。

偶尔跟着大人们在茶园里采茶的时候，我们可以看到茶园主人带着他的玄孙走在茶园间，背诵或豪迈或悲怆的诗句，像是古装剧里退隐江湖的武林高手带着他的弟子闲散于江湖，美得像一幅古画。

我曾经蹭到雨前身边喝一口他的茶，只是觉得有些苦，然后奇怪他怎么喝得下，他也曾正色告诉我"爷爷说'喝茶是一种修行'"；我们也曾经问过他为什么他的小名不像我们叫二丫和狗蛋，他也曾微笑着温润地告诉我们说，因为雨前茶是谷雨采制的蕴含着最初无限能量的草木灵芽。

雨前小哥哥果然灵动，在我们还因为成绩而被爸妈追着打时，他已经因为成绩优异而一路跳级考到县城读书。等我们费尽九牛二虎之力考到县城时，他已经考上了国内的知名大学，成为我们学校和老师口中的传奇学生。他是我们那批少年郎眼中鲜明而又独立的旗帜，也是我们那批少女眼中迷蒙却清晰的梦。以至于每次回家，我都迫切地想去茶园看一眼，却又近乡情更怯。

大学毕业后，雨前哥哥果然将茶园发扬光大，成为我们市里的龙头企业，甚至重拾了茶百戏这门失传已久的技艺。我也不曾料想，我们长大后的第一次见面便是我在报社实习的时候回茶园采访他。

长大后的他更加英气逼人，面容皎洁，如松如练。他像他的太爷爷，事业成功，却依然清淡平和，繁华过处依然淡泊青衫，这让他的盖世姿容更添斯文淡雅，如月光皎洁，让我未曾开口，已经脸红心跳。最后我是怎么回家的我都不记得了，只记得满眼满心都是他温文的笑和好看的眉眼。

我开始了我的单相思。我幼时就知道他希望他的妻子能陪他在茶园终老，重逢时他也曾慎重地跟我说过茶园的重要性，可那时我哪里懂得怎样去爱一个人啊！总谨慎却又骄傲地说自己年纪还小，还需要在外面闯荡。年轻

的时候把爱情想得很佛系，总觉得是我的总归还会是我的，爱情也好，友

情也罢，总会有人站在原地等我，而我应该先在外面闯荡一番，再过几年，我考个老师，或者做个自由写手之类，再并肩与他站在一起，告诉他我的坚持和喜欢。我甚至幻想着我们以后的生活也会是一幅归隐山水的画。此后的接触，即使对坐饮茶，我虽小鹿乱撞、如履薄冰，却也渐渐地沾染了他的平和。

打破我所有幻想的是茶园主人的病重，我以为我的探望和安慰会很早，却不想他身边走出来盈盈的她，扶着一脸微笑的茶园主人，让我从天堂坠入冰窟，瞬间没有了任何幻想。

瓦屋之下，清泉绿茶。谷雨的茶园人潮涌动，而我却知道，这可能是我们最后一次对坐饮茶了。

"为什么一切都会改变呢？"我不能理解这世间的缘分，不敢相信这世事的无情。

"明前茶便是要在一生中蕴含最好能量的时候将其采下。"他说，"以后遇到更好的明前茶，一定要把握时光呀！"

"一年一度，一生一次，有些东西一辈子也就那么一次缘分吧！今天还能一起饮茶，明天就天各一方，哪里还有更好的。"

"会的，喝茶也是一种修行。"

从此以后，我们果然再也没有机会和时间对坐饮茶。

然而日子就像喝茶一样，入口时苦，却也在咽下之时有了别样的清香。

我终于学会了把握、学会了珍藏，也慢慢地品味出，喝茶果然是一种修行，如同人生。

红袖添香，蔷薇花茶谷雨风

我一直觉得，想念最浓烈的节气不是清明，而是谷雨。因为清明的时候，祭祀活动伊始，思念正浓，等到春风一吹，春雨一来，节气到了谷雨，那种浓烈也已经飘淡，如果这个时候还在想念一个人，那么即使这种想念清淡如茶，也是最厉害的。

我曾经很认真地想念过一个人。不是因为他的离开需要每年清明在心底纪念，恰恰是因为他的美好和存在让我的思念如蔷薇花般浓郁盛开。我放任我的思念和失落越加浓烈，冲撞着我的内心，蚕食着我的理智，我总是要费很大的力气才能控制住自己，才能不在深夜里打电话骚扰那个年少就住在心里的人。日子昏昏沉沉，却又大喜大悲，身边不断有好友劝我，拉我去逛街喝茶，而我却始终提不起精神，鲜活和动力似乎都随着年少的那场茶事随风而逝。

茶友倩从清明开始叫我一起喝茶，她笑我"心里有座坟，住着未亡人"，让我清明和她举行一场茶事纪念一番，我笑她促狭，惫懒拖沓，直到谷雨过后才成行。

暮春将夏，蔷薇满架，雨丝如瀑，满院鲜红，满殿春风。满院子的蔷薇娇软地趴在墙头，卧在架上，在这柔润的春色里，向春天做着最后的告别，迎接着夏天最美的绽放。

现在正是雨前茶新制成的好时节，倩却拿出了玻璃杯，为我泡蔷薇花茶，她姿态优雅，再映着小院美景，颇有几分红袖添香的意味。

沸水注入，蔷薇花在沸水中浮起又沉下，最后在水中绽放成一朵朵粉色蔷薇，连茶水也被渲染成红润的深粉色，空气里弥漫起不同于院子里的蔷薇花茶香。

倩将茶杯推到我面前，我拿起来轻啜一口，满鼻芳香，满口香甜。

"怎么样？"

"嗯，芳香馥郁。"我由衷地赞叹道。

"喜欢吗？"

"喜欢呀！"

"那你还是要放下，对吗？"

见我愣住，倩又道："这茶水固然可喜可爱，但你也只需要拿起，然后放下，对吗？"

我不服气道："那哪能一样啊！爱情多是轰轰烈烈，如火如荼，哪里和喝茶一样容易拿起放下！"

"那你看看，我这满院蔷薇，哪一树不是轰轰烈烈的花事？哪一朵没有如火如荼地盛开？爱情很美，蔷薇亦然。"清风吹落瓣瓣蔷薇，倩拾起一片花瓣放在手上，"轰轰烈烈的爱情走到后面，会回归于婚姻生活的平实；如火如荼的花事开到后面，会回归于这一杯茶事的回味。就连这茶也一样，在沸水里浮浮沉沉，最终还是回归于平和的茶香。"

接过倩递来的花瓣，我瞬间陷入沉思。

花有开落，爱有浓淡，一场花事和一场情事之间能有多少距离？又有多少人能够将这情事像花事一样看得淡然？

茶不过浮沉两种姿态，人事不过沉浮两种状态，迷失于世事的我们又怎么可能随时在放下茶杯的那一刻发觉，我们需要的无非只是拿起和放下？

感情如茶，浮时坦荡，轰轰烈烈爱一场；沉时淡然，对方的世界已经没有你，不如干净利落地转身。

人生如茶，沉时安然，赢得起，也输得起；浮时沉静，拿得起，就放得下。

水晶帘动微风起，满架蔷薇一院香。

原来真正想念一个人的时候，已经不是最初的浓烈，而是淡淡的，像缭绕愈久的茶香。

第四辑

五月：石榴火，冷雨阵阵浇花端

"立，建始也；夏，假也，物至此时皆假大也。"立夏节气到来的时候，万物皆已长大，所以立夏似乎比立春来得平易，因为万物都在这段时间努力生长而忽略了欣喜或感伤的情绪。春风春雨过了，满城柳絮飞了，一切都处在一个专注努力生长的时节。

立　夏

夏之初，鸣蝉共饮立夏茶

　　孟夏之日，天地始交，万物并秀，于斯为盛。

　　"立，建始也；夏，假也，物至此时皆假大也。"立夏节气到来的时候，万物皆已长大，所以立夏似乎比立春来得平易，因为万物都在这段时间努力生长而忽略了欣喜或感伤的情绪。春风春雨过了，满城柳絮飞了，一切都处在一个专注努力生长的时节。

　　就连茶树也不例外——立夏节气开采的茶叶是茶中上品。

　　和春茶的上乘不同，春茶的优秀在于它经冬休养之后的鲜活清香；立夏之后的茶叶得到了逐渐升高的温度滋养，沐浴了更丰富强烈的雨露阳光，茶

内积累的养分增多，是一种醇厚的香气逼人，口感绵和。

喝立夏茶也是不少地区的习俗，人们认为喝立夏茶能够通畅全身气血，清火明目。有谚语说："立夏不饮茶，则有一夏苏"，还有谚语说："不饮立夏茶，一夏苦难熬"，人们把盛夏带给人的困乏和难耐归咎于是否喝了立夏茶，或许也仅仅是因为爱喝茶的人们总有千万种喝茶的理由。

立夏这天，我和茶友夏柔约好去她家附近新开的茶楼喝立夏茶，这或许也只是因为我们总有千万种喝茶的理由。

古朴的茶楼大气端庄，宁静幽雅，一如夏柔给人的印象，娴静时如娇花照水，动作处有雷厉之风。茶楼的主人没有出来迎接，我兀自欣赏良久，倒是一直在门外接电话而迟到的夏柔一来就向我道歉："不好意思！领导电话！"

夏柔是一名小学老师，家庭条件并不优越，考取教师，工作稳定是家人对她最大的期望。可是夏柔对写诗情有独钟，而今也小有成就，在考取教师之前就是有名的网络写手，受到出版社的青睐，而且出了好几本书，有不少媒体请她去做节目。这样一来，她总避免不了请假调课之类，学校工作受到了影响。她没成功的时候，倒是还有不少老师鼓励她写作，多少抱着看笑话的姿态，可是现在她成功了，年轻的老师见不得她"出风头"，年长的老师觉得她"不敬业"，家长们觉得她把全部时间用于写作去了，没有用心对待他们的孩子，校长更是不允许这样一个不用心工作、影响学校声誉的人存在。夏柔的工作处境很是艰难，但是她不仅没有迂回处理，反而"我行我素"，对同事的评论只是一笑而过，依然利用课余时间看书写作，甚至埋头钻研，准备考取古汉语研究生。

人败有人踩，办公室新来的年轻小姑娘拉帮结派孤立她，夏柔也不玩心眼儿，直接对着她一阵痛骂，小姑娘红眼白脸地在校长、同事面前一哭诉，外界对夏柔"清高傲慢"等负面评论便甚嚣尘上。

因为是同行，对她的风言风语我也听了不少。所以一直劝她低调行事，或者停下脚步，好好处理一下学校的人际关系再继续前行。但是她只回一句"我觉得我的时间应该用来努力生长"，然后依然故我，写诗、谈文、看书、考研、教书，依然生活在她那个诗意的世界里。

"春饮花茶夏饮绿"，立夏后采制的绿茶清汤绿叶，鲜香透亮，入口生津。静坐在对面的夏柔放下茶杯，终于舒了一口气。

"校长，还是学区主任？"我问她。

"额，是教育局！"夏柔的眼睛依然明亮，"这次你来我可是有好消息告诉你的。"

"教育局？调动了？"

"嗯！因为写作上表现优异，所以调入作协，单位还支持我考研！"

"真是太好了！作协的工作就是每天看书写作呀，以后你肯定能如鱼得水。"

"可是我一直是看书写作呀！"夏柔笑道，"所以我也不抱太大的希望会在单位混得如鱼得水之类，我感觉我没有那么多时间，我觉得我的时间应该用来努力生长。"

"这么多年都劝你多和同事打交道，可是你一直不问世事一般，不管交际，就是因为全部时间都用来'努力生长'？"我很是疑惑。

"哪里没有交际了？你看我那些同事，之前只是盼着我什么时候走，现在成了好奇我为什么会走了。处在一个大家都不上进的环境中，我的特立独行就会特别突出，注定搞不好关系的，既然这样，又何必强求？再说了，我还有你们啊！我知道你想让我假装一下，多和学校的人打交道，但是我觉得那是春茶的事情，我已经三十岁了，现在是夏茶了！"

"夏茶？"

"春茶还没有经历那么多阳光雨露，一切都是新生的、稚嫩的，甚至带着茫然。而夏茶不同，如果春茶是出生的婴儿，那么夏茶应该是蓬勃的少年，她经历了风雨炎热，却也知道自己要的是什么，所以才全心全意生长。她不会在意柳絮飘飞有多浪漫，也不会在意夜来风雨有多冰冷，因为处在生长的最佳期，她只在意自己能否用心吸取营养，努力地生长。"

"怪不得你这般专注！"我点点头，"假如你不能成为这个年代名副其实的诗人和学者呢？"

"至少我努力了呀！"夏柔道。

至少努力过呀！杯子里的立夏茶透绿清亮，都是它一路努力生长散发出来的亮光。我仿佛看到一个女人如夏茶般努力生长，无须世人测量。

万物生，蓬勃生长的爱情

立夏是一个热闹的节气，槐花黄，桑葚紫，稻麦金黄夏茶香。万物都将自己最繁茂的一面献给这个节气，包括蓬勃生长的爱情。

老家的习俗是在立夏要喝立夏茶，可以解除暑热，消除百毒。现在正是新茶初成的好时节，向各个街坊邻居讨来新茶，数十家茶叶集于一壶泡好，三邻四舍坐在一起，欢声笑语，悠然自得，茶味之中更多了几分浓浓的人情味。

我已多年未曾回家过立夏了。我们家是一个大家族，整个村都是一个姓氏，堂姐妹兄弟都很多。今年夏天，堂姐妹们早就各种暗示让我回家，说今年家里有"爆炸性大新闻"可做茶话，亦是佳话。加上父母的一再催促，我总算赶在喝茶前回了家，放下行李就赶紧来到村里喝茶的大晒谷坪里。

　　"这里这里！"小姐妹们又重新叽叽喳喳地聚到了一起。

　　"有没有新发现？"大堂姐推了推我。

　　今年的茶会多了一张新面孔，是位一脸慈祥的大妈，虽然很美，但是粉底和眼线依然掩不住她至少五十岁的年纪，她甜蜜地微笑着依偎在十四堂哥身边，在一群熟人里很是突出。

　　"这是……"我瞬间麻木了，"这不会是……"

　　"没错啊！这就是那位'爱你一生不后悔'的大姐！"三堂妹尽量装作不去看十四堂哥那一对，但眼睛还是忍不住往他们那边瞟了一眼。

　　尽管早有心理准备，但我的心里还是忍不住天雷滚滚。

　　今年十四堂哥才三十二岁，是四堂叔家的独子，在二十五岁就开始操心我们婚事的大家族中，他的婚事早在几年前就是四堂叔家的心病，可是十四堂哥却一直不急，家里一直催得厉害，直到去年，他终于告诉我们，他找了一个女朋友，大了他好几岁，两个人一起开了家店，在沿海稳定了下来。大家都觉得大几岁正常啊，于是堂哥很快在家族微信群里拉进来一个"爱你一生不后悔"的女人，微信名是土了一些，可是她说话礼貌得当，朋友圈也精致有度，我们对她很是喜欢，只是一直没有见到真人，不想这"大了好几岁"竟然有这么大！

　　"四堂叔没有拿柴刀出来？"我想起因为十四堂哥考得差了都会拿柴刀追

着他满村子跑的四堂叔，不由得打了个冷战。

"带回来几天啦，你以为没吵啊，但是耐不住十四哥吃了秤砣铁了心啊！"

"不对！应该是猪油蒙了心！"

"是啊！七妹你知道吗？至少大二十岁不说，还没什么钱！十四哥辞了职，现在两个人一起创业开中餐馆。一穷二白，白手起家，你说十四哥是不是中邪了？"

"四堂叔虽说老脸挂不住，但到底还是被大家劝出来了！我发现咱们村的人接受度都挺高的嘛！"

"这有什么，还有人的老婆比自己大二十四岁呢！"

"就是，我发现世人就是狭隘！男人比女人大二十岁不觉得奇怪，女人比男人大二十岁，大家就觉得难以接受了！"

小姐妹们叽叽喳喳地小声议论起来，十四哥却始终护着他的女朋友，波澜不生地坐在一隅，和旁边的人谈笑风生。周围的目光有好奇的，有打量的，有钦佩的，也避免不了有恶意的，而他却不为所动，这样的坚定，莫名地让小姐妹们的议论声慢慢小了下去，直至消失。

我们总是习惯用世俗的眼光去评价一段爱情，或者婚姻，或者生活，习惯用世俗的眼光去打量我们周围的事物，认为世界就是我们眼前的样子，认为真正的爱情只有门当户对、年龄相仿，并且相信大家都爱美丽的皮囊，却

不愿意相信还有人爱有趣的灵魂，不愿意相信这世间还有人拥有自己所没有
见识过的一切。

　　哪怕是年龄差距逆转，是老夫少妻，有人会觉得是利益结合，或者是虚
假炒作，把他们不愿意相信的事情世俗化。

　　哪怕是平常琐碎的生活、是可以看见的爱情，也总有人会对别人的生活
和爱情充满无限想象，或者无数恶意的估量，把他们不愿意祝福的事情粗
鄙化。

　　似乎只有那些美好的东西破碎了，他们才能在这残忍之间得到快乐与
安慰。

　　所以这样的我们真的了解爱情吗？——了解爱一个男人不仅因为他的财
富和权力，还有他的睿智和品性；了解爱一个女人不仅是因为她的美丽与
背景，还有她的聪敏和光芒；了解爱一个人不仅可以爱他的肉体，还能爱
他的灵魂；了解这世间除了世俗和粗鄙，还有爱情这种最为纯洁和美好的
感情。

　　看吧，爱情真的很奢侈啊！因为这么多人都不了解爱情。

　　那么既然不了解，又谈何拥有呢？

　　恰恰是十四堂哥他们已经了解并且拥有了最奢侈的东西，而终于能够正
确看待这一切的我们也通过他们而开始了解爱情。

在这个立夏的茶香之夜，爱情随着万物蓬勃生长。

小　满

月未圆，人生最妙是小满

立夏过后，便迎来了小满，这是二十四节气中的第八个。"小满者，物至于此小得盈满。"此时，虽然麦粒已经渐渐饱满，却还尚未成熟，一切都满怀憧憬，慢慢成长，慢慢成熟。

在小满这天，茶友娟饶有兴趣地约我品茶赏月，我不假思索地欣然赴约。

在黄昏来临的时候，我们便早早地在她的院子里摆好小桌，布好茶具。茶是百花茶，取野菊花、荷花、茉莉花用开水冲泡而成，泡好以后的百花茶在玻璃茶壶里沉浮绽放，很是好看。野菊花解毒消炎，荷花清心益肾，茉莉花祛风解表，只闻着茶香，便已经觉得生津解渴，满面花香。

正要喝茶的时候，娟的"关门弟子"前来给她送琴谱，那是从十岁起便被娟手把手带着学古筝的学生，才十五岁便已经在各种赛事和演奏会上初露锋芒。平时听娟说了无数次她的努力上进和古筝天赋。今日终于得见，不由得多打量了几眼，没想到却令我大跌眼镜：眼前的少女戴着夸张的耳饰，染着紫红色的头发，这哪里是传统里优雅娴静的古筝少女啊！这就是活脱脱的一个叛逆少女呀！

虽然我的心底已经波涛起伏，但还是静静地看着这对师徒寒暄告别。

只是等到娟心爱的小徒弟离开，我还是忍不住问道："这……就是你那个很有天赋又努力的小徒弟？"

"对啊！"娟点点头，看到我复杂的眼神，却又笑道，"你呀，我邀你喝茶赏月，那你看看，今天的月亮可是圆的？"

我摇摇头。

"是啊，十五的月亮十六圆，那为什么还有这么多人十五赏月，甚至热衷弯月，而不是圆圆满满的月亮？"

"个人喜好嘛，我觉得圆的弯的都好看。话说你的学生跟月亮有什么关系？"我困惑道。

"好吧，那今天是小满，你看看，在我们的节气里面，很多节气都是相对应的，比如有小寒、大寒，有小暑、大暑，有小雪、大雪，那你可曾听过小满、大满?"

"没有吧！小满后面直接就是芒种了吧！"

"这就是我们中国人的智慧。我们的祖先信奉中庸之道，人生都不要求太圆满或者极致，水满则盈，月满则亏，所以小满即可，大满即缺。"

"原来如此！"我点头道。

"她自小父母离异，一直跟着父亲生活，我收她做徒弟的时候，她便已经很叛逆了，她不仅很有天分，而且是真心热爱古筝的，所以我才收她为徒。她虽然特立独行，但对我和古筝很是尊重，不然我也不会一直跟你说她。再说了，我带的是弟子，是学生，学生本来就要有缺点呀！小满即可，一切都刚刚好。她要是百分百完美，哪里还需要我做师父？你说是吧?"

"怪不得！倒是我着相了！"我颇为羞愧却又深有所悟，"人生小满即可，还真不能要求大满。"

"你自诩是曾国藩的老乡，那你可曾知道，曾国藩就说过'人生最妙是小满，花未全开月未圆'?"

"这倒是一种人生修行了。现实中的人大多想要极致，想要最好的，但是又有谁记得小满这种人生修行呢?"

"所以有些人即使得到了最好的，但又会说'高处不胜寒''过犹不及'之类的话。"娟徐徐给我倒了一杯茶递来，"你看，茶倒七分满，话说七分完，我们不是一直都在这样修行吗？中国人自古以来的修行便是'小满'啊！"

花将开未开，含苞待放之时最美，因为一旦全开，便马上面临着凋谢；月将圆未圆，静待全圆时最妙，因为一旦全圆，就意味着马上残缺。很多人、事一旦达到顶峰，便马上面临着残缺，面临着下滑，唯有花未全开、月未圆的时候，满怀憧憬和期待，才是人生最妙的境界呀！

端起娟倒给我的七分满的茶，我也开始体会起"小满"的智慧与修行来。

桐华落，桑葚青红小满茶

"梅子金黄杏果肥，榴花似火桃李坠"，经历了小满，天地万物都呈现出一种生长旺盛的态势，小得盈满。

草色天香，圆荷如画，走过回廊曲折，桐花坠落，石榴如火，桑葚青红，池塘雨蛙。在这样的节气踏青出行，即便是小雨氤氲，也再适宜不过。

茶友夏柔约茶，就在这十里荷塘品尝新出的小满茶。

小满茶是小满后、芒种前采摘的茶叶。小满时节，阳气饱满却未鼎盛。产茶的江南进入气候适宜的多雨季节，小满茶便是吸收了此时将满未满的阳光能量和雨露。如果说之前的立夏茶是"少女茶"，那么小满茶便是风韵初成的少妇，丽而不浮，典而不俗，口齿噙香，却又鲜嫩可人，灿如昙花，却又韵味十足。

茶事荏苒如时光。

放下茶杯，不由得感叹之前还颇具少女感的我，现在已经从立夏茶变成了小满茶，而且随着奔四，有着马上要成为立秋茶的趋势。此时的我面临着女儿入学的问题，工作量增大，偏偏写作上也处于上升期，一连三本书签约都比较理想。眼看着时光已逝，在一切都将满未满的小满时节，大家都有了

新的收获和进步，而我似乎处在一种尴尬的境地。

　　于是我咨询夏柔："你觉得我是否也该考虑辞职，全心全意写作，或者暂时放弃写作，全心全意带娃？"

　　"为什么要辞职？"夏柔很是诧异，"为什么非得放弃其中一个？"

　　我也诧异了："如果不放弃其中一个，又怎么能发展其他的呢？"

　　"可是我觉得你没有放弃任何一个，也已经发展得很好了呀！"夏柔道，"我觉得不管是家庭、事业，还是梦想，都不能放弃，也都不能专一。一个女人要是专一家庭，便很难找到工作和梦想才具有的成就感，而且万一被时代抛弃，还可能被丈夫甚至孩子背弃；而如果专一于工作，那么工作不能给你家庭所具有的温暖不说，爬再高你也总有退休的一天，万一你的价值被榨取，工作也很难陪你到最后。梦想嘛，还是要有的，可是全心全意追求梦想而不顾其他显然不是成熟的选择和做法。所以，为什么要放弃其中一个或者专注其中一个呢？有多少成功人士是专注一项才成功的呢？上天让我们越来越成熟，本来就是让我们越来越有能力平衡和处理好这三者之间的关系呀！再说了，小满未满，留下一点儿遗憾不也是很好吗？家庭、事业、梦想全都完美，你这是想要上天多宠你呀！上天总不能把所有的好全给你吧，那让别人怎么活呀！"

　　夏柔的话如醍醐灌顶，让我心悦诚服："是啊！历代这么多文豪，或许大多家庭和事业都完美，可古今多少名士，又有几个是梦想和现实都统一的呢？"

上天赐予了李白倾世才华，却也赐予了他狂放与傲气，于是他做官便成为理想，写诗只是与梦想重逢；世间有李清照这样的倾城才女，却也给予了她悲苦和磨难，于是她的家庭和爱情成为梦想，只能在诗词里找到安慰。

家庭、事业、梦想，又有几个人能够达到完美统一，事事都无缺呢？都不奢求，小满即可；都要把握，大满即缺。该工作的时候工作，该顾家的时候顾家，不放弃梦想，却也热爱生活，均衡分配，均衡照顾，决不将自己完全投身哪一项，这才是生命该有的样子。

人生如小满，我如小满茶。

第五辑

六月：夏日长，满架蔷薇一院香

三国时期就有"青梅煮酒论英雄"的典故，但是煮梅这项活动还是以南方为主，因为每年芒种时节也是南方梅子的成熟时节。青梅虽然营养味美，但是新鲜梅子大多酸涩，只有经过煮梅等加工方式后，味道才更加可口，因此可以加工成青梅茶和蜜饯之类。

芒　种

送花神，一场茶会到黄昏

暑月精阳，百花凋零花神退；六月芒种，三千里绿向东行。

到了芒种，天气已经开始炎热起来。《月令七十二候集解》中说："五月节，谓有芒之种谷可稼种矣。"这是一个农业开始繁忙的节气，就连陆游也说："时雨及芒种，四野皆插秧。家家麦饭美，处处菱歌长。"然而除了芒种，煮梅送花神也是芒种的古老习俗。

三国时期就有"青梅煮酒论英雄"的典故，但是煮梅这项活动还是以南方为主，因为每年芒种时节也是南方梅子的成熟时节。青梅虽然营养味美，

但是新鲜梅子大多酸涩，只有经过煮梅等加工方式后，味道才更加可口，因此可以加工成青梅茶和蜜饯之类。

　　传说送花神是芒种过后，百花凋落，花神退位，因为花朝节时人们曾热烈地欢迎花神的到来，以庆祝百花的生日，所以在花神退位的芒种这天，人们依然以最虔诚的敬意和最真诚的感激为她践行，期盼来年再会。只可惜这个习俗在清末曾一度消失，虽然最近又有人重拾，但到底不复当年盛况。

　　少时看《红楼梦》，我就曾为大观园里的闺中女儿送花神的场景所倾心。曹雪芹笔下的芒种是闺中女子的盛事，那些诗情画意各具特色的女孩子用花瓣柳枝编织成轿马，或者用绫罗绸缎堆成千旄旌幢，系在每一枝花树上，她们自己更是装扮得桃羞杏让，穿梭在姹紫嫣红之间，将整个大观园装扮得花团锦簇，一簇簇都是少女的情怀。

　　所以这个芒种，当茶友说要举行一场茶会，青梅煮茶送花神时，我欣然报名参加，只为赏一首少女情怀的诗。

　　新竹清凉，早蝉声寂。六月的夏天，景色已经到了最好的时节。我们的茶会开始于阳光饱满的午后。精心选址的小院里，绿肥红瘦，凌霄满篱。

　　没有曹雪芹笔下的花团锦簇，只是象征性地挂上了一些丝带，摆上些许果品，送花神的气氛便已油然而生。

　　青梅茶是现煮的。将青梅熬汁，然后加入绿茶一起冲泡，光是茶水的制作过程就如行云流水，简直就是一种美的享受，茶水酸浓的香味更是还在制作中便已让人口舌生津。待到青梅茶制成后，和果品一起敬献花神，祈求福祉，再对坐品茗，交换席位，整个流程简单而雅致。

相较大观园的送花神，这里少了几分隆重；相较黛玉的送花神，这里又少了无数文采。可是在这车水马龙的现代生活中有一场这样的茶会，已然让我们如揽清风明月在怀，对芒种更有了几分亲近和敬畏。

最是赏心悦目的事情中不觉时光易逝，一场茶会到黄昏。茶会结束，花神亦送，生活回归于平静和安然。而这个芒种却成为这个夏天最清雅美丽的回忆。

碧螺春，住在心底那个人

绿树浓荫夏日长，芒种的时候，倒一壶清茶，躺在家里看电视剧。已经是《天龙八部》最后几集了，阿紫叫人看得心疼。

正宗的洞庭碧螺春在杯中白云翻滚，瞬间香气袭人，衬得电视屏幕里阿紫任性的脸莫名地柔和起来。

顽劣歹毒的少女阿紫从来不知道情为何物，自幼成长在星宿派，过惯了尔虞我诈、相互倾轧的日子，第一次接触到人世间的真情流露，便是阿朱临

终话别萧峰那一幕，这时她才知道原来世间有这么一种感情，纯美到可以跨越生死，于是在亲眼看见自己的亲姐姐阿朱生命误丧萧峰之手后，看到那个名噪江湖的铁血汉子居然也可以如此伤痛时，她突然明白了些什么。

到了日后，她更加发现，这个让她姐姐甘愿送命的男人不同于她的父兄，更不用说她的同门师兄弟，他的豪迈、他的痴情、他的爽快、他的顶天立地、他的一诺千金，无一不震撼着她。这时她才明白，自己也想爱这样一个人，并陪着他同甘共苦，因为有这样一个男人值得深爱，所以即便是为他赔上性命，那也值了，她的姐姐便是如此。而她成长至此所有的坏，也是因为缺少这样一个好男人。因而这个男人对她姐姐的一往情深一脚便踩在了她的痛处。她吵，她闹，她毒，她辣，她刁蛮，她无理，都只因为她知道萧峰对她的好只是因为阿朱。所以她不顾一切跟着他，仅仅是为了把他留在自己身边。

只是她哪里看得到啊，那个为了她已然盲目到不顾一切的庄聚贤。想这个昔日游手好闲的少庄主对她的痴情亦是那么不可理喻，然而他不是她要的那种男人！固执的阿紫，她的爱情那么绝对，一直靠父母庇护而终不成器的庄聚贤心中怎么可能装得下萧峰那样的天地，就连父母死后他找萧峰报仇的手段都是那么可鄙幼稚，这样的男人如何能在阿紫的心中与萧峰并肩！懦弱可鄙的庄聚贤，以及他变态畸形没有自尊的爱情，注定是没有结果的。

而萧峰知道这个少女所有的顽劣，他之所以策马于大漠、穿行于夜风，甚至带着重伤的她在深林里寻找，都只是为了让这个女孩学会对生命的感恩。

只是雁门关的断箭隔断了一切。萧峰的死未曾教会阿紫什么，却又教会了她一些什么。这个顶天立地、有血有肉的大英雄早在那个雨夜便住进了她的心，满眼折腾都是为了他，嬉笑嗔骂都是为了他，现在他走了，她也再无去处。所以她还眼珠于庄聚贤，毅然抱着萧峰跳下深渊。

降龙十八掌藏于倚天屠龙刀剑中流落江湖，这可以找得到，可住在心里的那个人去了，即便上天入地，你又怎能找得到？

每颗心都是因为爱变得温柔，都是因为住在心里的那个萧峰，没有这个人，其注定成妖成尘。

而现世的我们，又到哪里去找住在心里的那个人呢？

夏 至

点绛唇，我有青春如夏至

夏至，二十四节气中最早被确定的一个，早在公元前七世纪，我们的祖先便采用土圭测日影，确定了夏至这个节气。据《恪遵宪度抄本》记载："日北至，日长之至，日影短至，故曰夏至。至者，极也。"在我们所居住的北半球，夏至是太阳光照时间最长、黑夜最短的一天。在这一天，阳气达到鼎盛。

千百年来，人们从来没有放弃过对阳光的信仰和追求。

在我们祖先的眼里，光是生命的象征，有了光就等于有了一切，没有了光，一切都会受到束缚。而阳光更是上天的无私赠予，值得他们欣喜和

感恩。于是，夏至这天最是值得他们欢欣鼓舞，他们祭神祀祖，他们嬉笑庆祝，因为他们相信，最具活力的事情就应该发生在这样阳光充足的季节。

哪怕几千年过去，夏至所在的盛夏依然关乎青春、关乎热恋、关乎一切狂热的情感。

正当夏至，被好友娟叫出去喝茶，她说要带我去"最富有夏至气息并且最适合喝夏至茶的地方"。

驱车绕了大半个城，我不禁哑然——娟说的"好地方"，居然是昔日我们读书的大学城。

走进大学城，我恍如回到大学时代。走在街道上，四周都是便宜的书本杂志、廉价的小吃。混在人群中，周围都是个性飞扬、不拘一格的身影，还有满是胶原蛋白和青春气息的脸。

娟带我走进一家装潢潮流、现代并且富有个性的奶茶店，一幢两层的音乐小阁楼分为很多小隔间，左边可以看到下面有人唱歌的吧台，右边可以透过玻璃窗看到外面的街景。奶茶都是现煮，红茶和牛奶在电磁炉上咕咕地冒着热气，那种叫作年轻的味道混着香浓馥郁的奶茶味道扑面而来。

"很多年前，我也是少女哪，多么美好的感觉！"看着外面三五成群或者双双对对走过的大学生，娟感叹完，问我道，"这是不是最富有夏至气息的地方？"

"是！必须是！"我笑着递过菜单，"喝什么？"

我们点了两杯店里的招牌奶茶和只有大学城才能吃得到的各色小吃，煞是好看地摆满了一桌，娟不无得意："喏，谁说夏至茶不能是奶茶呢？

其实大学的感觉就是奶茶的味道，不管是大学的爱情，还是大学的友情，抑或是生活，都是这样，入口便是甜蜜，即便知道喝了有发胖的危险，但还是义无反顾，也不会在乎那点伤害。等到很多年过去后，回忆里也依然是幸福和甜蜜。"

很多年前，我也曾是个甜蜜的少女，总以为生活就像奶茶一样甜蜜幸福，不知天高地厚，不懂人情世故，不知情为何物。

因为喜欢喝奶茶，所以零用钱总是不够用，我会打工，会省钱，也会受委屈。但是印象中身边还有那群包括娟在内的青春少女总能在回寝室休息的时候将奶茶放进我的手心。

奶茶暖手，少女则温暖了我的青春岁月。

因为喜欢喝奶茶，所以我的身材也没有凹凸有致，而是胖胖的，也不自信。但是印象中那个眉目清秀的少年总能在上课或者放学回来的路上拿着一大杯香浓的奶茶递过来。

奶茶暖心，少年则温柔了我的年少时光。

奶茶丝滑可口，有茶的清香，却完全没有半分茶涩；有奶的香甜，却又少了几分甜腻，温润香浓，带着青春特有的甜蜜和柔软，一如我们大学那些

年的时光。

这些记忆一幕幕闪过，似乎全发生在夏天，还是那么具有生机。现在回想起来，才知道那就是人生的夏至，因为那时的我们手里握着大把时光，从眼里到心底都是青春的光亮。夏至一过，物极必反，此后的一年像是一生，众多节气里再也没有了这样的阳光。

每年夏至都相约而至，而我们的生命中又如何能有下一个"夏至"呢？

夏至已至，奶茶香浓，阳光如火，青春如茶。

如梦令，浮生如茶破如莲

小院里有一池莲花，上有葡萄架遮出满院清凉，每到盛夏，暗香盈袖，满池风华，平日里，最爱坐在院子里赏花喝茶，夏至茶当然也不例外。

周末的清闲午后，爱人早早准备好茶具，邀我对坐喝新采制的夏至茶。

夏至后、小暑前采摘的茶叶叫夏至茶。都说"物极必反"，夏至是一年之中阳气最盛的时节，也是阴气的开始。夏至到小暑期间，虽然光照充足，吸取了全年最足的阳气，但是阳气有所收敛，阳气生甘，少了则生苦，汲取了阳气鼎盛到开始收敛的时空能量的夏至茶有着更加深沉的颜色和肥硕的叶片。

沸水冲泡，茶叶散开，夏至茶有着更加浓郁的香气，入口带着微微的苦，但是反水又是清甜。

"你知道吗，茶和莲花也很像的。"爱人道。

"你又要杜撰了吧?"我不由得好笑。

"才不是我杜撰，佛祖都说过。"爱人一脸认真。

"嗯，不是杜撰，是你也要打妄语了。"

"是真的。"爱人恳切地道，"你也曾听说过'浮生如茶，破执如莲'吧?"

"我只听说过'浮生如茶，甘苦一念'。"

"这就是你着相了吧?"爱人放下茶杯，徐徐为我讲解起来。

"话说有一个年轻人面见大和尚，对和尚诉说他的生活不易。和尚微笑不语，只邀请他喝茶。

"茶叶放好，和尚端起还未开的温水便泡，请年轻人喝茶，年轻人很诧异：'大师，您怎么用温水沏茶?'

"和尚笑而不语，年轻人只喝了一口，便皱起眉头：'没有丝毫茶香呀。'

"和尚终于说话了，告诉他这是好茶。可是年轻人再次品尝后，还是喝不下去，告诉和尚，这个茶没有丝毫茶味。

"和尚笑了，让年轻人静待水开之后，重新拿过一个杯子，放入茶叶，注入滚烫的开水。只见茶叶在沸水中沉浮之间，茶香袅袅升起。年轻人刚想端茶，和尚制止了他，再次倒入沸水。如此往复三五次，茶香弥漫，香味沁鼻。

"和尚这才告诉年轻人：'浮生如茶，破执如莲，戒急用忍，方能行稳致远。'"

爱人将故事说到这里便止住了："我都说到这里了，你要不要来参禅?"

"浮生如同茶事，在反复沉浮之间才能散发出清香，如同莲花开放，用力冲破淤泥和深水，才能娉婷自芳华。"

"人生如茶，亦如莲花，只有那些不急不躁的人，才能走得更稳更远。"爱人总结道。

世人都说浮生若梦，只是又有几人能真正明白浮生如茶？又有几人能真正做到破执如莲？

在这个夏至的午后，通过一杯茶水和一池莲花，我想重新认识这漫漫浮生。

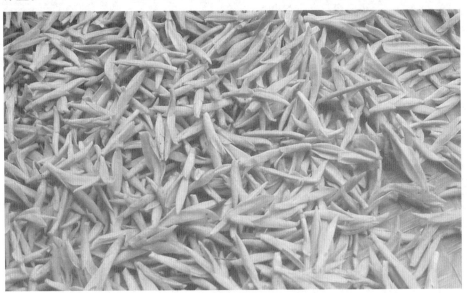

第六辑

七月：蜂蝶翩，烧香祭祖问青天

　　小暑，小热也。在古人眼里，"小暑不算热，大暑三伏天"。可是随着全球变暖的加剧，中华大地似乎已经早早进入了最为炎热的时期，扑面而来的已经是潮湿的热风。

小 暑

消烦暑，方知世事有炎凉

小暑，小热也。在古人眼里，"小暑不算热，大暑三伏天"。可是随着全球变暖的加剧，中华大地似乎已经早早进入了最为炎热的时期，扑面而来的已经是潮湿的热风。

在南方，小暑时节是人们旅游赏景的好时光。因为"伏"和"福"在很多地区同音，所以入伏如同入"福"。在这一天叫上至亲好友外出游览，欣赏盛夏的绚丽山河，是为"游伏"（游福）。小时候一到游伏时节，我便欢喜雀跃如同过年，只是年岁越长，越是对这项活动不感兴趣。到了今年，干脆拉着家人在院子荷池边的荫凉处喝茶，美其名曰"十里荷塘一日游"。

青莲墨染了荷塘，粉色和白色的荷花亭亭立在水中，母亲采摘了新鲜的荷叶，带我一边制作新鲜的荷叶茶，一边品尝她早几日制好的荷叶茶。我才帮着晾晒好荷叶，就已经热得满头大汗，直嚷着要大口喝茶才行，爱人无奈，只让我和母亲休息，他接过晾晒的任务。

父亲很是无奈："前段时间就只听你嚷嚷着太冷，还说什么你最爱夏天，宁愿热也不要冷之类。现在好不容易盼到天热了，想着你该高兴了，没想到你又开始嫌热了。"

"那时不知道热啊！现在我宁愿过冬天，还是冬天好。我宁愿冷一点儿，也不要热成这样。"我辩解道。

我的话音还没落下，爱人已经忍不住笑了："你什么性子我还不了解？哪个冬天你不是喊冷想夏天，哪个夏天你不是嫌热盼冬天。都说世态炎凉，我看最炎凉的是你。"

爱人说完，大家都笑了，我倒是认真地想了想，似乎真的是这么回事。

刚入夏天，脱掉层层束缚，穿上各种飘逸的裙子，那时的我确实是极为满足的，觉得阳光烂漫，树叶油亮，生命中最美好蓬勃的一切都在夏天了。

我无比幸福地徜徉在夏天的美好之中。可是随着越晒越黑，越来越热，我在同高温和紫外线的对抗中开始厌倦和烦闷起来，于是开始等待冬天的到来。

冬天以后呢？记得去年刚到冬天我也是欣喜的，甚至看到冬雪还无比兴奋，可是随着积雪日深，着装越厚，夜晚越冷，我似乎也无数次抱怨过冬天的冷酷，期待着夏天的到来……

唉！天气若是有知，也会对我的挑剔觉得苦恼而好笑吧！七月嫌热，一月嫌冷，就像商店里挑剔的顾客令人难以捉摸。

可是人生又何曾不是如此呢？忙碌的时候，抱怨工作太多难以完成，清闲的时候，抱怨事情太少没有寄托；在家的时候，抱怨孩子太吵无法专一，外出的时候，抱怨出门太久无法顾家……到底何时才是真正心满意足呢？

都说世事炎凉，但是最炎凉的还是人心呀！

喝下消暑的荷叶茶，我下定决心一定要停止我此后的抱怨。世事的炎凉虽然由不得我，可是我们能调整心中的炎凉。

南风热，以茶代酒敬传奇

今年的南风吹来暑热，也吹来男人们四年一度的狂热——世界杯到了。

年轻的时候看世界杯，爱人总是备好啤酒炸鸡，外加一群"狐朋狗友"；

自从成家立业之后，也就是从上一次世界杯开始，啤酒变成了清茶，炸鸡变成了糕点，"狐朋狗友"变成了我。

爱人爱茶，经常投身新茶的采制工作中，从明前茶开始，直到最近的小暑茶。这次世界杯，每晚爱人都早早地拿出他准备的各式茶叶泡好，小暑过后，便积极地端上了他新采制的小暑茶。

小暑是一年的"长夏"，属土，土生湿，小暑过后便是一年中最湿热的时节，湿热之气有利于草木灌浆，这时候的江南阳气鼎盛，湿气补水，草木阳长，枝叶肥美。小暑茶便是在这样神奇的气候中长成的，它的叶片最是肥美，入口也最是醇香。

我是伪球迷，看球纯属喝茶聊天。球场上奔跑的那些热血男儿倒也认识两三个，比如今天的阿根廷对法国队中，那个帅气的大胡子男人梅西。我好不容易在爱人的讲解和平时做的功课中认清了队员，却发现今年上场的那些年轻人在换了一拨以后，我又是一个也不认识了，倒是新茶的醇美让我忍不住对爱人每年持之以恒采茶的积极大为赞叹。

在解说员的惊呼和讲解以及老公的扼腕赞叹中我倒是认识了新人姆巴佩，正如解说员所说，三十一岁的梅西就在那里深情地看着年轻的姆巴佩如一匹脱缰的野马一般奔跑在潘帕斯草原，眼里全是他自己十九岁的样子，这似乎宣告着梅西时代的结束。当两人在赛后拥抱时，老公激动得几乎要落泪："这就是过去拥抱未来啊！我也想拥抱我的年轻时代。"

虽然我不懂足球，但是隔着屏幕，我依然能感受到那种热血，灼烧着我已经不再年轻的身心。

世界杯一届又一届，每一届都会有不同的老球员留下遗憾，都会有不同的年轻人崭露头角，然而四年又四年，最终，一代代勇敢拼搏的年轻人都在这片绿草地上实现梦想、创造传奇。我们为老去的球员叹息，因为我们怀念逝去的青春，但我们也为新晋的球员欣喜，是因为青春和热血永远是最震撼人心的传奇。

就像不同节气的茶事，明前茶后有清明茶，清明茶后有谷雨茶……一批批茶叶总能在不同的节气之后实现采制。旧的茶叶固然创造了不少传奇和故事，然而每个节气的新茶总会有更多的期待和话题。

在这样新旧交替的世界杯里，请让我以茶代酒，敬年轻、敬梦想、敬传奇。

大　暑

酷热极，未胜窗下有清风

小暑过后就是大暑。"大暑，六月中。暑，热也，就热之中分为大小，月初为小，月中为大，今则热气犹大也。"大暑在中伏前后，正是一年中最热的时期。

酷热极，适合月下饮茶，花间饮酒，庭前乘凉。

父亲叫我们回老家避暑，他早早地在午后的小院里摆上了一壶新采制的大暑茶。

大暑过后、立秋之前采制的茶叶是为大暑茶。这时的气温最高，天地之气达到了水乳交融的鼎盛。此时万物生长最快，也是草木灌浆的关键期。大

暑过后，无数果实都在为秋收的圆满做准备——吸收十足的阳气和养分。茶叶也不例外，它们汲取了天地交融时最为强烈的时空力量，味道比小暑茶略苦，反水后也更为甘甜。新采制的大暑茶味道更为浓烈，带着青涩直冲肺腑，瞬间令人毛孔舒张。

茶香伴着清风徐来，我陪着父亲在小院里坐了不到三分钟，依然觉得燥热不已，只嚷嚷着要回房间吹空调。父亲不悦道："你小时候坐在这里怎么就不嫌热呢？"

父亲此话一出，我不由得语塞。

记得幼时，为了小院的凉爽，父亲又是挖莲池，又是整葡萄架的，终于在弟弟上学时修整好了冬暖夏凉的小院。从此，每年大暑的午后，他便要在葡萄架下开始喝茶，新采制的大暑茶一直喝到秋风渐起。我们会在晃悠悠的躺椅上荡秋千玩，或者端端正正地坐在石桌上背书写字，满院茶香打发了童年的盛夏时光。

而那时，我确实是不觉得热的。

可我到底忍不住嘟囔："那能一样吗，小时候还不是全球变暖的年代，汽车尾气都没这么多呢。"

"全球再暖哪能暖到我们这小院呢！你这孩子，就是心野了，哪里还记得心静自然凉。"

"就是，心静自然凉。"一同回来的爱人推了我一下，"你不总跟我说心静自然凉嘛，怎么就忘了呢。来，陪爸喝杯茶，心静自然凉！"

爱人给父亲和我倒好茶，拉着父亲下棋，我躺在躺椅上喝着茶，眯着眼，心慢慢地静下来，竟然仿佛在瞬间回到了幼时一般，凉爽而无忧。

原来真是心静自然凉！我不由得在心底感叹。回头看看悠闲自得下棋的翁婿俩，额头也没有了刚坐下时的汗水。

这时候，我也确实是不觉得热了。那么，到底是什么在发生改变？改变我们的又究竟是什么呢？

　　清风未改，暑热依旧。改变的或许是我们随着年龄的增长而日益增长的阅历，日复一日，年复一年；或许是我们随着岁月无声而经历的波折，曲曲折折，方方面面，可是看过人间事，阅尽世人脸，我们的心底经历了多少热烈，经受了多少寒凉，又能保留几分平静？

　　容颜虽改，风华依旧。改变我们的或许是一个孩子长成少女所要经历的秘密和故事，或许是一个少女成长为母亲后历尽的磨炼和幸福。可是经千重山，过万重水，我们的心底有过多少信念，保留了多少初心，又还留有几分坚守？

　　还记得白居易的《销暑》：

> 何以销烦暑，端居一院中。
> 眼前无长物，窗下有清风。
> 热散由心静，凉生为室空。
> 此时身自得，难更与人同。

　　现在回想起来，这首诗真是说尽了这酷热真味。端居院中，只要眼前无长物烦心，窗下自有清风而至。

细品茗，爱一个人不可怕

因为是暑假，所以大暑过后，我要去省城培训。在酷热的天气中出差是一件苦差，幸好还有熟悉的邻校老师耀陪我同行。

耀是典型的二次元少女，下载了很多日漫来打发这漫长的旅途，并且邀我同看。我欣然答应，并且在条件有限的列车上用保温杯泡好了适合大暑饮用的桑菊茶，桑菊茶消暑清热，很是滋润，不怎么喝茶的耀居然也很喜欢，接下来整个培训期都找我要这种茶喝。

为了照顾我这个大她十岁而且可能会有代沟的大姐，耀很贴心地选了我喜欢的宫崎骏的《哈尔的移动城堡》，并且不断地点评，让我恍惚有种回到大学看韩剧的感觉。

"姐，帅吧？啊啊啊！好帅啊！"耀指着终于出场的哈尔，眼睛里闪出了星星。

"好帅！"我也被耀和电影激发出了满满的少女心。

"他还会做饭，一看就知道好吃，好完美啊！"到了后面，耀一直是摇着我的手看的。

"必须的！长得帅还会做饭的男人太有魅力了。"我笑道。

"苏菲好勇敢啊！唉，我都没有这么勇敢，怪不得我没有这么完美的爱情。"耀偶尔也会感叹一番。

茶香伴随着少女心在车厢里满溢。

宫崎骏的经典动漫很多，而我最爱的却是《哈尔的移动城堡》，如同村上春树的惊鸿一瞥，哈尔就是我心中的百分百男人，我一直觉得他是宫崎骏笔下最唯美的男性角色。

初次出场，哈尔帅气逼人，举止温文，面对年轻普通的苏菲和后面年老的苏菲，他都能保持一贯的绅士风度，甚至在后来面对胁迫苏菲的肥胖的莎莉曼女士时，他依然是那样从容不迫。在这个看颜值的社会，这样的外貌配上优雅的举止，这是多么难得！关键是哈尔也热爱自己的外貌啊，在浴室对着自己不喜欢的头发颜色，他会孩子气地发脾气。外表男神，内心小男生，多么可爱！怎能不让人爱他如子，又爱他如神呢？

这个可爱的男神还厨艺精湛，居家甚好，尤其惊艳于开场不久他做饭的那一瞬间，动作优美，一气呵成，优雅得如同行走的云，他在后面的搬家过程中，就犹如一个音乐指挥家一样化腐朽为神奇，让灰尘密布的地方瞬间弥漫着家的温馨，真是宜室宜家的美男啊！

哈尔是吃少女心的魔王，却是苏菲的神祇，只因为在那个恰当的时间，她遇上了原来不吃少女心的哈尔，他英雄救美地神秘出现，带她漫步天空，看人世庸碌繁华，为她展开移动城堡里通向不同世界的门。那样一眼万年的爱情几乎一秒钟就能让这个少女动心。

这样的美魔王偏偏还神秘莫测、来去如风，神秘的男人向来带有天然的吸引力，能满足任何一个女人的幻想，更何况他拥有一座移动城堡，你甚至可以想象出苏菲在城堡里打开一扇扇门的惊奇——但凡女人，都会沦陷，因为它能带你去任何你想去的地方。

最动人的是，不愿意被束缚的哈尔，他的浪漫主义理想不属于任何一个才子与诗人，当他伸开翅膀去飞翔去战斗，保护受到战乱的人们时，那飞翔的英姿犹如神祇天降，如何不让人膜拜？

　　苏菲当然膜拜，只是很多时候，爱都是想要触碰却又收回来的手。因为心底的自卑，面对爱着的人，想爱而不敢爱，连张爱玲面对胡兰成都会觉得自己低到尘埃里，更何况是一个普通女孩的苏菲？她只有变老了才敢接触哈尔，因为她觉得人老了，也就没有什么可失去的了。

　　她不知道的是，哈尔早就知道了这个叫苏菲的女孩子一定会出现在他的生命里，在他把心交出来对着流星许愿的最后一刻，穿越过去的苏菲的呼喊，一直铭记在他的心底，她让他等她。所以他经历了漫长的孤独等待，就只是为了苏菲的到来。

　　任何一个女生看到这里都会觉得苏菲很幸福，自己爱着的人也爱着自己，多么幸运！

　　"姐，你说爱一个人是不是很可怕？"看着电影的结束字幕，耀感叹道。

　　"爱一个人并不可怕，可怕的是心中的不确定。"我肯定地说，"因为爱就是一种信仰。"

　　细细地品着手中的桑菊茶，我们相视一笑，陷入了静默和沉思。

　　人人都爱苏菲的勇敢，却不知那样的勇敢都是因为她遇上了一个神祇一样的男人，一眼就能确定心中所爱。我并不介意仰望我爱着的男人，他就该是我的神祇，是我忠诚的信仰，在我眼里至高无上。为了他，我也愿意乘风破浪，不怕万千阻挡。当我的神伸出手带我走，为我的一生负责时，我便觉得安稳，便觉得没有了忧愁。

第七辑

八月：又中秋，唯愿月圆人亦圆

"云天收夏色，木叶动秋声。"立秋时节，虽然草木依然苍翠，却早已敏锐地感知到了秋天的气息，梧桐院落，露华成霜。

立 秋

梧桐月，一盏清茗酬知音

"云天收夏色，木叶动秋声。"立秋时节，虽然草木依然苍翠，却早已敏锐地感知到了秋天的气息，梧桐院落，露华成霜。

自古逢秋悲寂寥，爱茶的文人墨客们在立秋之后定要约知己一二，饮一杯立秋茶，才能缓解秋情缱绻，写出萧瑟苍茫的悲秋情结。

立秋茶是立秋之后、处暑之前采摘的茶叶。茶叶也早已感知和适应了节气的变化，立秋之后，它们生长的速度如同踩了急刹车，缓慢而内敛，阴气渐生，阳气渐衰。这时候的茶叶叶片浑厚，汲取了万物趋于成熟的自然力量，

具有秋天般深厚平和的茶香。家乡茶园里最有名的立秋茶便是铁观音。铁观音的名字来源于它的形似观音重如铁，更来源于它的独特"观音韵"——温婉韵致，偏有香浓滋味，天然馥郁，如同兰花之香，韵味悠长，"七泡而有余香"。

独坐饮茶，新沏的茶香瞬间就填满整个茶室，淡薄素雅，却又宁静安详。铁观音的柔和悲悯很容易给人带来纯真柔美却又苍凉遥远的感受。

十年前的立秋之时，我还在异地驻扎深入采访，工作中总有委屈，加上刚刚实习就独自在外，那日下班回到酒店，我便在群里抱怨了两句在外的辛苦。不想很快收到他的留言，只说家乡茶园新采制的立秋茶中有上好的铁观音，可以去他在这个城市开的茶馆喝。当时我就想着新茶的味道猛烈生涩，一般很少直接送来不说，而且怎么能送来这么快？到底只是任性轻狂的少女，想到什么就会立马去做，我竟然立马就打车去了茶馆。打开茶室的门，却看到那人的身影，如松如翠，世无其右。

那夜的月拥有别样的银色光华，透过陌生城市的车水马龙，静静地洒入灯光柔弱的茶室，他静静地披一身月光走向我，带来满室温雅茶香。

世上最幸福的事情莫过于我不曾开口，他便能隔着电脑屏幕读懂我所有的困窘和委屈。不远千里，只是为了送一壶新茶来与我共饮，更为送来一壶柔软与平静。茶水尚温，他已开车奔赴属于他的战场，只留下铁观音的味道如同他的宁静与安详，让我转身面对陌生的风霜雨雪时，也多了些许平和与安然。

那夜的铁观音也是我喝过的最好的立秋茶，年轻的我们怎么也没有料到，第二年的立秋，我们便天各一方，从此相忘于江湖。

世事苍茫几度秋，立秋来了又走，铁观音采了又长，曾经的我们却再也没有在人海相逢。只是每年的立秋之后，我总能及时地收到他寄过来的铁观音。

最开始的时候，他在铁观音上写：何为思念？日月星辰，山川湖海。万物皆你，无可躲。

到了最后，留言变成：铁观音成了，再也没有一起品尝的人。

陪着喝茶的人或许有，但再也不是当年那个人。从此，日月可以不相依，山水也能两相忘。

春秋易过，铁观音常有，知己再难寻。

说茶事，爱是神圣的信仰

我喜欢在上班间隙泡一杯茶，哪怕是立秋。教室外的梧桐落叶成诗，校园里的菊花绽放成行。茶香袅袅，心境开阔，上课时学生问我的那道让我一开口竟然有点哽咽的问题竟然也有了答案。

他们问的是："老师，既然李白已经知道自己被流放了，那为什么还要写诗呀？难道仅仅是因为爱吗？"

现在的孩子都看多了八点档电视剧，他们觉得李白可能只是想用诗歌来出名，或者换酒钱。事实上，他对于写诗一事并不仅仅是爱。

"是的，必须是呀！"作为老师，当时我很肯定地回答。

可是现在想想，李白怎么可能只是因为爱呢？

我自幼酷爱写作，自从当了老师以后，被同事叫"作家"排挤打趣不说，领导总觉得我每天码字而没有认真上班，以至于被一再下放，爱人觉得我总是写作没有顾家，亲人更是觉得"作家"这个名称并不能带来什么利好，还不如好好上班挣个前程。因为在我所在的这个十八线小城，在外面当记者也好，做编辑也罢，都不如公务员或者教师等体制内工作安稳。

有很长一段时间，我不想写作，也不想阅读，可是我并未将这样的日子过出小城生活的闲适安稳，反而越来越失眠心烦，直到我重新拿起笔写作，才发现我的心中依然荡漾着激情，而写作早已成为我复杂生活中的真实信仰，成为我在这纷繁尘世间神圣的使命。我信仰写作，也亲近写作，即使每次我被这个社会污染得浑身污垢，但是只要我拿起笔，身心便顿时清明。

我自是不及李白，可是写作和写诗一样，是多么慈悲的信仰呀——同样需要内心的单纯，同样需要最初的信仰，同样不管你有多落寞或者多高兴，写作和作诗都能跟随在你身旁——包容你，接纳你，触动你，温柔你，当你提笔而就，内心便安定从容。

年轻的时候，谁不曾有理想？青春的日子，谁不曾有激情？又有谁能以一生的执着坚持真理，以一生的幸福作为供养，哪怕被排斥、被轻慢、被漠视、被践踏，依然执着自己的所想而为？

如果一个人饮冰十年，难凉热血，这种爱已经不单纯是爱，更是一种信仰，一种天降大任于斯人的使命，一种虽千万人吾往矣的神圣！

处　暑

秋意浓，处暑茶中说旧事

到了处暑，秋意渐浓。处暑的"处"是"终止"的意思；处暑意味着暑热正式终止，进入秋高气爽的季节。昼夜温差开始变大，空气开始变得清爽，草木开始稳定而收敛。茶叶的生长更是变得缓慢。处暑后、白露前采摘的处暑茶吸取的便是湿热去、干燥来的自然力量，茶厚，味苦，色深，涩浓，后甜。

家乡的茶园并没有特别好的处暑茶品种，也可能大家并不偏爱处暑茶的味道，所以处暑茶的销路不是很好，除了没钱的人家会采回来自己喝，平常人很少采制。小时候，父亲瘫痪在床，母亲每一个小钱都赚，每一个

鸡蛋都攒着，不论哪个节气的茶，不论工钱多少，母亲都去采制。我的童年也经常交错着处暑茶的味道，苦涩而厚重，一直到长大才能回味出那一丝清甜。

小时候，我总喜欢跟在母亲身后去帮忙采茶，除了深知母亲辛苦以外，还因为那个讨人厌的九太公。他不许我们去茶园帮忙，总说这样不符合规矩，可他越是不许我们去，我们就越是跟他作对一般，茶园去得更勤了。

九太公在太公辈里排行第九，是从旧社会开始吃过不少苦头的老人。在我们村辈分最大，他极好揽事，不管谁家婚丧大事，他必定要在他们家那村子里数一数二的院子里摆好茶，等我们村里的后辈来询问他"规矩"。九太公倒也不收钱，他要的就是大家给面儿。要是有谁不来，或者没按他说的规矩去做，他肯定要在家里大骂三个月的。

只是九太公说的"规矩"总是排场极大的，比如婚事必须猪牛羊各宰杀一头，更不要说鸡鸭鱼肉。婚礼一般是从前一天晚上开始吃到第二天晚上，一般是吃不完的，夏天剩菜多了还会变馊，开始时还能把剩菜分给左邻右舍，可是慢慢地，大家条件好了，尤其是最近这些年，剩菜没人要了，真的很浪费。所以到了我们这一代，尤其是在外面酒店举办婚礼的，基本上都不会再去九太公那里问规矩了，反正大家在外打工，九太公骂也好，村里人说也好，都听不见，于是九太公那里开始变得门庭冷清起来。

我是讨厌九太公的，不仅仅是因为他占了我们家的宅基地盖房子，还不让我们在"属于集体"的后山开土种菜，也不仅仅是因为他看到我们去集体的水库里摸鱼就去村上举报我们，然而自己却总能吃到来路不明的新鲜的鱼。我爷爷去世那年，他坚持要办丧七天，杀猪两头，还看到他偷偷拿走了半边猪腿更让我觉得讨厌。当然，在猪肉都吃不起的当年，我们也没有办丧七天，那半边猪腿我们也没有找到。我爸妈的"不懂规矩"也让九太公诉病了很多年。

九太公自家的婚丧大事倒是没有什么让我们诉病的，主要是他的老伴去得早，两个儿子都没有举办婚礼，他们都是村子里最早一批出去打工的。在外面认识的女人给他们生了孩子后就跑了，没有一个成功把老婆带回来的。孙女跟着娘跑了，孙子倒是带回来给九太公养大。九太公说话不好听，我们从来没被他表扬过，倒是从小就听着他对他孙子的赞誉长大。只是"很有出息"的孙子从小学业平平，初中毕业就出去打工了，再也没有回来过。

这几年，大家的条件越来越好，慢慢地，堂叔堂姑们在家建了新房子，堂哥堂姐们也都开了新车回来，我母亲也不用再去采摘处暑茶，九太公家却成了我们这个小山村里最不起眼的一家。曾经在村子里算得上"豪宅"的带阁楼的双层土砖房，现在已经成了年久失修的老宅；曾经只有他们家院子里才有的自行车、摩托车，现在已经无法和汽车相较。九太公也已年纪大了，

他曾经面红耳赤跟别人吵架争来的菜地，都种不动了，眼睁睁看着荒废，更不用说曾经的车水马龙，现在的车马萧条了。

眼看着村子里家家过年都很热闹，就九太公家安静，九太公整个人也越来越安静起来。九太公偶尔还是会犟嘴说儿子孙子都在外赚大钱，可是到底没有了当年的神气。大家看九太公的眼神也慢慢地变成了同情。

倒是今年不一样了——母亲打电话给我说，今年过年，九太公一直在外面打工的大儿子回来了，还开了一辆小车，虽然不贵，但是九太公高兴得从村口开始放炮仗，迎接儿子开车回家。九太公带着大儿子见我母亲说，要占用我们家的老宅基地盖新房——自从上次占老宅基地盖房后，我们就搬走了，另外开辟了一块宅基地。现在他理直气壮地说，反正我们也不住了，全部给他吧，母亲也没多纠结，便一口答应了。

只是九太公的房子到底还是没有盖起来——今年处暑，暑热终止的时候，九太公没了，终止了他哗然寂寥的一生。

他的丧事是更加不合"规矩"的，既没有按他老人家给别人要求的三天丧事七天道场，也没有集齐祭品三牲，甚至连孝子都没有到齐——辛苦带大的孙子和小儿子都没有回来，只有大儿子匆匆办了丧事，因为他没那么多钱按"规矩"大办丧事，那辆花费不多的小车他都是贷款买的，以至于办丧事的钱都是邻里亲戚拼凑的。

九太公一生要面儿，没想到最后本该"风光"的葬礼上，一点儿面儿也没剩下。

好在村里也没有人诟病他了。处暑后回家喝茶，母亲也只是感叹好久没有采制过处暑茶了。说起处暑茶的旧事时，三两句就说了九太公去世的始末，九太公长寿的一生就这样在旁人的几句话里总结了出来。

菊花香，焚香品茗梦之盈

处暑来临，秋风渐起，江南的温润岁月依然如一场茶事的温柔。

焚香、品茗、插花、挂画是古代文人的四大闲事，经常是一起进行，尤其是焚香品茗。点上淡淡的檀香，与茶香相得益彰——香道在于平凡质朴，茶道在于修身静心，二者相辅相成，自有无限悠闲。我倒是有心想效仿古人的高雅，在惠风和畅的午后焚香品茗，却因为各种俗事，一直未成。倒是好友娟在处暑之后这样天高气爽的秋日突然拉我出去，说茶友风在城外有花田百亩，适合焚香品茗。

处暑之后，万物萧瑟，风的花田却依然处在最烂漫的季节。九月的菊花开始绽放，娇软的美人蕉也在一旁怒放，鲜艳的大丽花和叶子花也开了，

还有幽香的米兰和茉莉，再逢着桂子飘香……各色鲜花怒放也就罢了，偏偏还有占地面积宽广的玻璃房子中种满了各色多肉，交汇成一个万紫千红的世界。

多肉没有香味，我们在阳光烂漫的玻璃房中焚香品茗。在准备过程中，我不由得想了解创造这个花草世界的主人，娟告诉我风是她的小学同学，从小学作文写《我的理想》开始，他写的理想就是种很多花，当时还经常被大家笑，可是没想到他最后真的去种花了。最开始父母反对过，旁人非议过，就连同学朋友都有不少远离他，可是不承想，最终他坚持了下来，缔造了这般美丽的花木王国，他因花而沉迷，也因花而成功。现在，他的花草和多肉通过网络远销全国各地，用花木制造的艺术品也获得人们不少赞赏，就连这次焚的香也是由他和她手巧的妻子翻阅古籍，静心调制而成，名字叫梦之盈。

"花气无边熏欲醉，灵芬一点静还通。"伴着茶香升起的是一种缥缈缠绵的香气，虽然令人心旷神怡，却带着让人泪目的执着。我仿佛在这香气中看到一个小男生追逐着梦想成长，受过的磨难都在他执着的目光中变得轻盈。

梦之盈？原来梦想也是轻盈的呀！曾几何时，我们也是有梦想的人，只是随着年龄的增长，我们开始用双手衡量我们的生活，我们开始只求生活的结果，而不再注重花朵。于是，那些以梦为马的狂奔也变成了俗世眼中的冥顽和天真。

可是谁曾想到，就在我们一城之间的郊外小山上，梦想能有千万种花开的形态。那个十多年前写《我的理想》的男孩，他所写的山花漫布可能并不一定有现在这般美好，只是随着他的花开满了半山又半山，他的多肉长满了一房又一房，他开始改造、开始充盈，将他的梦想一点一点充盈成这般七彩绚烂。

生活因梦想而磨难，磨难因梦想而轻盈。

我是一个因为梦想而轻盈的人吗？

曾几何时，我也是一个看到"饮冰十年，难凉热血"都会瞬间眼眶湿润的人，为了所梦所想，总能不管不顾地狂奔，哪怕头破血流，依然满身孤勇。后来，我迷茫了，于是我开始向生活妥协，尽量在它们中间寻找平衡的节点，让自己看起来没有世人眼中的疯狂与顽劣，好让依然不屈的自己继续向梦想靠近。

我并不轻盈，我总是迂回婉转，甚至退避，然后再慢慢地向前。可是余生有多长，时间有多少，谁知道呢？我又有多少时间去迂回、去掩饰，然后一步一步向梦想靠近？

白云苍狗，云诡波谲，人活在世已经是三生有幸，又何必弯弯曲曲，兜兜转转，浪费生命？不如从现在开始，对酒当歌！

当你飞翔时，趁着羽翼下有风；当你遭遇打击时，再稍微放慢脚步。不管是身处贫瘠的现状，还是有幸遇到肥沃的土壤，都要把今天当作实现梦想的最后一天，顺风而飞，逆风而上。

茶香尔雅，"梦之盈"温柔，在焚香品茗中，我看到了不眠不休的梦想的亮光。

第八辑

九月：菊花黄，九九登高望孤雁

常言道："春茶苦，夏茶涩，要好喝，秋白露。"秋天白露茶的滋味与香气是一年中最好的，所以哪怕工作繁忙，办公室里条件有限，我也会想方设法弄出一小罐闽北乌龙，经过几道简易的程序泡出一小杯茶。甘甜新鲜的茶香填满我的办公室，沁入我的内心，空气中没有了忧愁，全是甘甜的茶香。

白　露

白露茶，弥久始知茶更浓

秋风渐深，阴气渐重，"露凝而白也"，白露到了。

家乡在湖南安化的娟送来一袋安化黑茶，黑黑糙糙的一大块，这个秋天的下午，我经常是静坐着煮上一壶黑茶，看着茶汤翻腾，茶香四溢，如同熬汤，越来越习惯陶醉在这浓郁的茶香中。

娟说要来喝下午茶，我摸出仅剩的黑茶放上，醒茶注水，大火烧开小火熬，将茶水熬出骨头汤一样的香浓。于茶汤沸腾中取一杯对饮，入口却是清凉。

"好喝！果然是年份越久的陈茶味道越足！"娟赞叹道。

大多数新制成的生茶口感猛烈生涩，要放久一点儿才好喝，安化黑茶和

普洱茶一样推崇喝陈茶，一般都是两年以上，让它在自然的放置中发酵沉淀，通过时间的洗礼和细菌的转化后，成为醇厚的陈茶。而娟给我的安化黑茶味道更为内敛丰足，仿佛能感受到岁月的沉淀。于是我问道："确实很足！这个黑茶应该最少十年吧？"

"比你我还大，四十年了。"娟笑道，"你保守估计，就能喝出十年的味道，已经不错了。"

四十年？眼前如红酒一般沸腾的茶汤竟然是四十年前的佳作？

我仿佛看到四十年前的安化茶园中，那个年轻柔美的采茶女子在茶园中辛勤采摘，那个魁梧憨厚的农家汉子在茶场里耐心揉制，终于，他们制成了这黝黑粗糙的大块头，可能是一块，也可能是好几块，都被他们慎重地放进一个叫茶仓的地方珍重地保存起来，没有光照，暗无天日，只留下它们在岁月流逝中随着空气的缓慢流动而发酵沉淀。茶里的生物菌群吞食、转化、分泌、释放，一次次的轮回之间已经是无数天、无数年。终于有一天，茶仓的门打开了，它们因为一个又一个的理由而从茶仓里走出去，可能相隔数天，也可能相隔数年，中间也可能有新茶的加入。而我今日拿到的便是四十年前的其中一块。

越陈旧，越珍贵。陈年的黑茶如同陈年的好酒。

一念至此，不由得瞬间心疼起这几日的"铺张浪费"——四十年的漫长等待竟然被我在这个秋季的下午消磨殆尽了！

"这样难得的极品应该等一个好的时刻……"我心疼地嘟囔着，脸色不由得垮下来。

"瞧瞧你，茶不就是用来喝的，等什么，难不成你要为它举行一个仪式？"娟洒脱道，"陈茶、陈酒如美人良将，十年磨一剑，不就是为了这一刻的醇香！"

或许是娟的洒脱感染了我，又或许是茶香的平和净化了我，我瞬间如释重负，浑身轻快起来。

"十年磨一剑，霜刃未曾试。今日把示君，谁有不平事？"我想起那位十年磨剑的剑客，执剑而立，风华耀眼，他的剑随时出动，只因那剑锋未试的渴望。

"休对故人思故国，且将新火试新茶。诗酒趁年华。"我想起超然台上眺望的那位苏仙，诗酒新茶，胸怀豁达，他的新茶就着新火，只因那大好时光给予的豁达。

时光无涯，生命有限，哪一刻才是值得等待的呢？人生苦短，放眼望去，哪一刻不是生命的极致？日月如梭，用心看来，哪一瞬都是璀璨的色彩！既然宝剑已成，诗酒已具，为什么还要等？情境已来，性情所至，每一天都是上天所赐予的好时光，每一刻都是天地今生的大好时刻！

这四十年前的黑茶或许料想过，它的重见天日会遇到一场盛大的茶会，或许也曾料想过，它的出现会是一场安静的独酌，所以它才能在这茶汤鼎沸中，安静而醇香。

生命中真正的好东西大多如此，随时随遇，弥久愈香。

露今白，茶香更知明月心

白露这天，我独自坐在办公室喝茶。

常言道："春茶苦，夏茶涩，要好喝，秋白露。"秋天白露茶的滋味与香气是一年中最好的，所以哪怕工作繁忙，办公室里条件有限，我也会想方设法弄出一小罐闽北乌龙，经过几道简易的程序泡出一小杯茶。甘甜新鲜的茶香填满我的办公室，沁入我的内心，空气中没有了忧愁，全是甘甜的茶香。

一个低年级的学生拿着作业进来问题目，他的语文老师不在，便问我道："老师，爱好到底是什么呀？"

爱好是什么？瞬间，我想到了一百种一千种好听的回答。爱好呀，是一个女生在学生期间最好的秘密，是一个男生在年少时节最好的情怀，是一个孩子用思维的跳跃所保留的纯真，是一位老师用他的红笔指明的前路，是一朵花在开放，是万顷波光在徜徉……

可是我还是选择了最保守平常的回答："爱好就是你的光，能让世界认识你的明亮。"

"额！"学生摸摸头，显然没有料到我的回答会是这样，但还是觉得迷惑不已，却也觉得再问也问不出什么，只赶紧道声谢，迷迷糊糊地走了。

而我却心潮澎湃起来。

记得幼时，我也是一个迷糊单纯的小学生，也曾问过老师爱好是什么，小学老师是个温柔的文青，她给我的答案是"爱好便如同你喜欢写作，我手写我心"。当时我听得半懂不懂，可是却心潮澎湃。每次摊开作文纸，我心中都自有一种豪情，心事入文，下笔如有神。

随着年岁渐长，读的书不同，看的书不同，对爱好的要求和期待也不同以往，我甚至觉得自己的爱好开始有点多了。于是我又开始疑惑，却是在和好友喝奶茶的时候听到一首流行歌曲时才豁然开朗，因为记得其中有句歌词："爱是一道光，如此美妙。"

好友却很是认真地说："爱不就是一道光吗？不管是人还是事，爱着才能发光发亮。"

我却如梦初醒——爱好之所以可以广泛，就是因为它不一定是特长，但是一定可以是一道光，让你因此心明眼亮。

"老师，老师！"小小的个子又挤进了宽大的办公室，来到我面前，"老师，你骗我。他们的爱好都是读书，画画，或者弹琴，跳舞，哪里会发光？他们说发光的是太阳。"

我不由得大笑："是啊！所以他们读书，画画，或者弹琴，跳舞的时候，身上会有光，就像小太阳一样。你也一样。只要你认真去做你喜欢做的事情，比如你喜欢看书，那你就认真看书，你爱好钢琴，那你就认真弹琴，这时你就会发现你的身上也会发光。这可是秘密，不可以告诉别人的。不信你慢慢地去看！"

"你没骗我？"

"老师是不会骗人的。"我很认真地说。

"嗯！"小家伙一脸严肃地走了出去，抱住手里的书本像是抱住了什么了不起的大秘密。

萧瑟的秋风吹入，满室茶香传来，我仿佛看到小小的身体里面有一颗种子开始生根发芽。

秋 分

阴阳半，风清露冷遇故人

秋分一到，阴阳相半，寒暑平分。风也萧萧，雨也萧萧。

秋分是一个适合思考的节气，适合泡一杯清肺去燥的花果茶，思考平实生活中的忠实信仰；秋分也是一个感受冷暖的节气，适合喝一口温暖滋润的茶水，在遇到一个故人时，感受人情的变迁。

母亲总喜欢在秋分前后送些自制的花果茶给十九姨，她说十九姨容易上火，只有喝她制作的花果茶才容易下火，而今年，她的花果茶全送到了我这里。

"你不要送去给十九姨了吗？"我问道。

"以后都不送了。"母亲很是黯然。

　　我早料到是这个结果，不过倒也没有多说，只是接过了花果茶。

　　十九姨是妈妈的表姐妹，至于是哪一边的，我也不清楚，我只知道她叫十九姨，是个热心的远亲，从小给了我们家很多帮助。我幼时家贫，十九姨拿来不少吃食衣物，帮我们家度过了艰难困苦的日子。

　　母亲对十九姨很是信赖，母亲是个倔强的人，从不和任何人说起她生活中所受的苦，可是在十九姨面前，她毫无保留，这或许是因为十九姨总是能触动她内心最脆弱的那根弦。

　　小时候，妈妈总是对我说，要好好读书，这样以后才能和十九姨一样过上好日子。我和弟弟妹妹们长大后不负众望，可是和十九姨却日益疏远起来。

　　从什么时候开始的呢？追根溯源，又要有很多家长里短要说了。

　　或许是从我们在外安家立业开始的吧？因为我们先买了车，性能却不是很好。所以十九姨说我们不会用钱，每次回家都心疼我们，说我们在外面过得不好，还要打肿脸充胖子买车。为了让家人安心，所以我们三姐弟很快在外买了房子，十九姨没再多说，只是说我们不孝顺，有钱不想着给家里减轻负担。

　　这个时候，我们还没感觉出异样，直到后面装修房子。

　　十九姨换房子的时候一直感叹要是母亲能买一套房子在这里就好了，母亲回家一提，我们三姐弟就马上打钱给母亲了。我们先装修，因为母亲说十九姨熟悉各大品牌的装修材料，所以我们从门窗到插头都是定了十九姨说的牌子，钱固然不少。可是等到十九姨主持装修的时候，她定的却都是另外一个便宜实惠的品牌。所以买家具的时候，我们都是直接在网上订购送回来的。

十九姨不懂网购，只是她听说网购的东西都极其便宜。所以她来我家转了一圈，看了一下母亲的床，说："这个床网上买最少也要七百吧？唉！其实睡床要睡好的，不要买杂牌子。"

母亲也不知道价格，恰好小弟在，于是说："十九姨，这个要五万多呢!"

十九姨吓了一跳："你这个床也要了五万？你个小家伙吹牛了，我那个才是牌子，早安的！只有早安才是牌子，其他的都是杂牌。"

小弟有点郁闷了："喏，送货单都在这儿。之前不说多少钱不就是怕你们心疼钱嘛！您要是不信，可以去网上查一卜嘛……"

十九姨走的时候有点不开心，但是后来十九姨跟亲朋好友说，我们一家忘恩负义，看不起她。

后来我们也去过她家几次，只是关系渐渐地淡了，从此我们和十九姨几乎再无往来。

"你们这些人就是这样，小时候喜欢和成绩好的玩，喜欢比你们优秀的人，长大了却不喜欢了。倒是有见识的人不一样，他们能够自信地和比自己经济条件好的人交往，也能看到条件不好的人身上的潜力，而不是在不如自己的人身上找平衡。"小弟一副很懂的样子，看着我们手里的花果茶道。

话糙理不糙，倒是说到了重点。在人生路上，我们能遇到很多人，有的人能陪我们走几步路，有的人能陪我们走一段路，可是，他们都不能陪我们走到终点，因为各种各样的原因，我们终究会离散。

或许是因为不再拥有之前的共同语言，或许是因为两个人的境遇已经发生了翻天覆地的改变。那些固执坚守的也只是因为不愿意相信而已。

桂花茶，山云漠漠冻桂花

我自幼便是个急性子，很长一段时间，我都很焦灼。焦灼工作压力太大难以负重，焦灼梦想太远不知所措，焦灼年龄大了还没嫁人……

这焦灼更主要的不是来自我自己，而是来自我的周边，我的亲友家人，来自他们每见一次面就问一次的"现在多少钱一个月呀""都三十好几了还没男朋友呀""女孩子不要那么优秀呀，赚得再多不嫁人有什么用呀"……于是每年过年是我最痛苦的时候，因为父母在亲友对我的各种打探问候中，总免不了唉声叹气，然后催我步入他们眼中结婚生子这条人生正轨。

秋分归家，正因翌日便是中秋，不得不回到老家的我难以消受亲戚们的"热情"，放下行李不久，便陪父母来县城购物，在超市听到推销员推销桂花茶，我不由得停下脚步。

桂花茶是中国的主要茶类之一，由桂花和茶叶窨制而成，温补阳气、排毒养颜，在江南一带很受欢迎。面前的桂花茶香味馥郁，茶色明亮，显然是上好的桂花茶。爱喝花茶的母亲不由心喜，爽快地买下好几袋。

推销员把袋子递给我时，我终于看清楚了她的脸，却忍不住讶异：

"梨子？"

对面的女人面容憔悴，虽然化着精致的妆容，却依然没有掩盖住她蜡黄的脸色，臃肿的身材套在茶叶公司的旗袍制服里面，像一个青灰色的灯笼，毫无生气。见到我，她才仿佛鲜活起来："啊！是你呀！"

通过与梨子短短的几句攀谈和回程路上母亲的补充，我算是理顺了早婚的梨子的人生轨迹。

这是一个有点长的故事。

梨子是我的初中同学，那时候的她身材窈窕，皮肤白皙，成绩很好，举手投足宛若出水的莲花，美得如同无数男生心中难以表达的梦。那时，热爱古筝的她没有通过特别的训练，仅是初中的音乐老师稍微指点和课后她有意的练习，她居然就能把简单的入门曲目弹奏出来。那时候，我们所在的乡村学校正好有送教下乡活动，努力又有天分的梨子还被当成送教下乡的典型人物去县里演奏过古筝。练琴以后，她给人的感觉更是美得特别，如果那时我们能读懂"气质"两个字，我想我们能很快将其定义为清丽文艺范。

可是那时候艺术生在乡下并不流行，没有那么多钱培养不说，左邻右舍甚至父母亲都会说弹古筝能做什么？能当饭吃？那是有钱人家的孩子学着玩的。

于是高中本来可以凭借艺术生考大学的梨子放弃了，高考落榜后，她读了一个大专，随后回来考教师。这在小县城是很热门的职业，可是她考了两

次都没考上，家里人急了，急匆匆地给她找了一个家里开服装连锁店的对象，这个对象条件很好，于是梨子嫁人了。

嫁人以后，梨子想学古筝，可是婆家也说，学古筝有什么用。不如集中精力考教师，可是连着生了两个孩子之后的梨子更加没有时间和精力复习了。屡考屡败的她坚持考着，从二十二岁大专毕业考到了三十五岁。

期间，她的孩子也大了，生活压力也增加了。可是最让她无法适应的是夫家条件的滑铁卢——夫家店里的仓库发生了一场火灾，有一个人还在这场火灾中丧生了，夫家赔偿了死者一大笔钱，加上店面重装，将家里的存款折腾殆尽。正打算东山再起，老牌服装业的衰竭让生意越来越难做，公婆年迈力竭，丈夫是典型的"啃老族"，一家人的生活困难起来。于是为了孩子，她不得不出来赚钱。

如果她学了古筝，说不定还能当个古筝老师，但是她身无长物，只得从推销员做起，谁料这一做，便是好几年。开始时，梨子还能坚持考教师，可是过了三十五岁后，年龄限制了，她只能向生活屈服。

这就是梨子的前半生。

跟我闲聊的时候，她的话不多，但是我听得最清楚的是她说自己现在忙碌了大半辈子，生活上不宽裕也就罢了，可是没有坚持学古筝却是她最大的遗憾。

梨子的经历让我心疼和警惕。

我们总是很容易活在别人的目光中、别人的世界里，把自己变成别人口中应该这样或那样做的人，循规蹈矩地结婚生子，按部就班地生活工作。于是我们开始活得安分守己，开始变得小心翼翼，却忘记了本来的自己，更忘记了我们来到这世上走一遭的更大意义便是做自己。

林语堂曾经说过："人要有能做自己的自由和敢做自己的胆量。"

如果连做自己的自由和胆量都没有，生命又有何意义？

生命是一条蜿蜒曲折的河流，我们泛舟其中，并不是站在岸上。注定会有波折，注定会有落寞，也注定会有鼓舞和欢欣。只有接受别人目光和质疑后面真实的自己，我们才能和自己达成和解。

可是要做到这样，我们需要经受的艰难险阻何其多呀！

我问母亲："您还觉得我现在应该嫁人吗？"

"当然了！你都三十好几了，结婚生子才是人生的正常轨迹。"母亲白了我一眼。

一直沉默地听我和母亲说着梨子故事的父亲倒是变了口风："唉！你还年轻，你不后悔就行。"

我笑了。这个中秋节，我终于有了更大的勇气在家里过节，去遭受外界的质疑。

人生漫漫，苦难实多，愿我们都能学会与自己达成和解，与生命达成和解，勇敢做自己。

第九辑

十月：颁稻忙，阵阵寒霜雁成行

"人怕老来穷，禾怕寒露风。"到了寒露，植物最能体会到人世的寒凉，稻谷没有采收就要灰败，茶叶没有采摘就要休眠。满池的荷花枝叶枯败，满天的雁阵惊寒。

寒　露

寒露茶，春水秋香待寒露

十月寒露，更深露重。白露、寒露、霜降都表示水汽凝结现象，寒露是从凉爽到寒冷的过渡，露水更冷，几近成霜。寒露时节，仰望星空，星空换季，遥望秋色，千里霜铺。

寒露的时候，我和倩倩对坐饮茶，只为用浓浓的茶香冲淡这寒露的风吹来的寒凉。安溪的铁观音春水秋香，滋润着秋燥的身心。

"人怕老来穷，禾怕寒露风。"到了寒露，植物最能体会到人世的寒凉，稻谷没有采收就要灰败，茶叶没有采摘就要休眠。满池的荷花枝叶枯败，满天的雁阵惊寒。

接过倩倩递来的茶水，听她说她的茶中旧事。

倩倩的家庭是一个勤劳奋斗的家庭。倩倩的母亲曾下乡到北方大漠，几经波折后回到北京，并带回了倩倩的父亲，夫妻二人抓住了改革开放的大好时机，打造出庞大的商业帝国。不料又在企业整合中破产，于是倩倩的父母带着年幼的倩倩三姐妹来到南方的这个城市再创业，最后东山再起，创造的服装品牌在全国都很有名气。只是随着网购等现代商业模式的兴起，倩倩家里的产业没有跟上时代的变化，开始衰落。

在春风得意的时候，倩倩见识到了人世间的热情和迁就，她家里也曾车如流水马如龙，有特殊人员要求捐赠的，有相关部门谈合作的，有父亲老家要求修祠堂的，有母亲远房亲戚找工作的，甚至有奶奶家里人想来做保姆的……他们夸倩倩姐妹三人长得漂亮有礼貌，跟着父母教养好。三姐妹做什么都顺风顺水，有人帮衬。

可是父母在商海的每一次落败都能让倩倩见识到人情的淡漠。倩倩在事业单位工作，本来是人人礼让称赞，但是渐渐地，有人说她工作态度恶劣，目中无人。哪怕她转到另外一个单位，也还是有旧单位的传言袭来，让她难以承受，无奈最后只能辞职。

倩倩辞职后，原来夸她有主见的亲朋好友纷纷指责起她任性不懂事，家里出了这么大的事情还把工作辞了而无法养家。她尝试接手父母的产业，却因为老员工的不服气和欠债人千方百计地耍赖不还钱而一次次失败。

说到这里，倩倩已经双眼泛红。

我不由得给她倒满茶水递过去："那时候是人生低谷吧？"

倩倩摇摇头："不是。"她告诉我，父母第一次破产那才是她的人生低谷，因为此后她已经认清了人间百态，再经历这样一场繁华和落寞时，内心已经无比平静。

"那么自己创业成功以后呢？"我问倩倩。因为之后的故事我是清楚并且亲眼见证的，我看着她从一个做淘宝模特的小姑娘奋斗到今天有几家店的大老板。

"还是平静，甚至多了几分感激。"她很认真地告诉我。

"感激？"我讶异了。

"就像这茶。我们说人走茶凉，其实是自然规律而已，所以我不会有太大的爱憎，因为人心和世事本来就是这样，我们只不过是适应世事变化而已，所以为什么还要给自己压力呢？反倒会有太多感激，为那些不因人走而茶凉的善意，他们在我们落败后还能给予善意才让我更加感激。"

真是妙论啊！世事艰难，本来如此，何必给自己找不痛快？我的心豁然开朗。哪怕不是第一天认识，我依然深深地钦佩倩倩的睿智。

人走茶凉，那只是自然规律；人在茶凉，也无非世态炎凉；人走茶温，那才是天地眷顾。

　　我曾经也以为爱情就是坚贞不渝，直到见多了饮食男女为了金钱权力而放弃爱情，甚至把毕业季变成了分手季；我曾经也以为友情就是惺惺相惜，直到自己傻乎乎地为朋友两肋插刀时她却静默不语，甚至被她背后插一刀……于是我在尘世中明白，爱情不是唯一，友情也不是必需，每个人在人生的每一个特殊时刻都有他自己的冷暖自知。

　　人世不一定温热，人走后基本是茶凉；世态不一定美好，背后总有丑恶。那些人走后的茶温，那些落败时的真诚，才让我更加心生感动，活得更加轻松。

　　如同眼前这一杯茶，佛门见禅，道家见气，儒家见礼，商家见利，而倩倩见到了平和与感激。

　　这世间茶事如人事，从来都是这样不可思议。

普洱茶，饮尽天高秋水寒

　　我曾经想象过千百次我们的重逢，却是一直没有再相遇。

——题记

　　寒露风起，天高秋水寒，和好友程程相约云南，不为我们彼时都是形单影只，只为赴一场普洱茶之约。

秋天的云南是五彩斑斓的世界，森林里是或金黄或火红或深绿的树叶，落在地上也是一层层黄红绿褐，倒映在水中连着天上的蓝天白云，更是色彩缤纷。每天上午，我们就穿梭于山水之间，搜罗各色美食好茶，下午则对着满目大好河山，烹茶静坐。徜徉在云南的美景茶香之间，几乎都忘了归程。

这天，茶馆老板告诉我们，不远的县城有茶园美景，而且正在采摘正秋茶。我和程程寻茶而往。

茶园青绿，采茶女在为今年最后一周的采茶而忙碌。因为到了霜降，所以草木就要开始休眠。茶叶需要有休眠前的缓冲期，否则不利于休养生息，所以，从寒露到霜降的十五天中，采摘茶叶的黄金时间只有七天，那就是寒露节气的前三天和后四天。

这七天内采摘的茶叶便是寒露茶，也叫正秋茶。它汲取了冷峻内敛的自然力量，带有大量阴寒之气，是血热之人的凉血佳品。铁观音的正秋茶较为有名，普洱茶的正秋茶则主要用于制作熟茶。程程想采购一批回自家茶厂拼配陈放，于是我们便来到茶园旁边的小院子里找到茶园的主人商谈事宜。

茶园主人是一对恩爱的中年夫妇，男主人雄厚爽利，脸上带着憨厚的笑，女主人秀气娇柔，说话带着软糯的绵，两个人举止间带着如出一辙的温柔气息，将茶园里的云南普洱煮得沁人心脾，却又如同他们的感情那般温暖洋溢。彼时我和程程还是单身，不由得在茶香中艳羡他们的情深和默契。

茶园主人煮茶招待的是他们对面的女客人，一个喜欢笑的女孩子，见到我的时候，她定定地打量了我几眼，却又很快移开双眼。

"白发如新，倾盖如故。"人和人之间是有如茶一般的气场的，有的时候只需一眼就能感觉到亲近和密切，有的时候接触很久依然能感觉到清冷和疏离。这绵绵的茶香在冥冥之中带来的联系让我们很快熟识起来。女客人话不多，但是茶园主人和程程都是爽快人，他们很快就敲定了合作方式，并计划到彼此所在的城市游玩考察。

相谈甚欢之际，却听得院门轻响，又有人来，小院没有关门，盈盈望去，那人逆着光，如同披一身阳光缓缓走来，他目若朗星，一脸微笑温若春风。

是他！

自从别后，我曾经想象过千百次我们的重逢，却是一直没有再相遇。不想，我们还能在这里重逢。

他显然已经认出了我，微笑着问候，说好久不见。这一瞬间，我心思旖旎，望向他也满是欣喜。因为就在蓦然间，我发现我们原来还属于同一片天地，纵然分手，却也不曾分离。于是在这秋水蒹葭里，我们的重逢才更有意义。

不想我的娇羞都在茶园主人对他们说的一句"你可是第一次带家属来，还把人丢这里这么久"给打破了。我开始是脸红，然后是惊讶——很明显，茶园女主人说的这个家属并不是我。

原来，我们的重逢是这样尴尬。这种感觉尴尬而微妙。我既希望他记得我这样出现过，又希望他忘记我以这种姿态回来过。

说不清是羞恼还是无奈，我并没有想象过他身边的女子会是什么模样，但是我想象过自己要输得理直气壮，至少不是这般不堪。

怎么会这么傻呢？爱过还念着。

原来不管是友情，还是爱情，到了应当休眠的秋季，就让它随风飘远吧。如同到了寒露，茶味已经开始变淡，过了寒露的采摘黄金期，茶叶便开始休眠。只是茶树过了冬天还有春天，感情却不一定。

"你们认识？"程程拉了拉我的手。

"之前见过。"我淡然地笑笑。

"哦！我要去看茶了，如果你们认识，就一起吧？"

我欣然同往，微笑转身，这一场白露茶事，我已饮尽天高秋水寒。

我懂得了放手，也终于从无知的女孩一瞬间长大。

霜　降

碧天静，闻香始知风更近

年轻的时候，我信命。

母亲从小就喜欢带我去县城找最会算命的杨瞎子，请他老人家给我"植茶"——就是在菩萨面前开了光的或者加入了符咒的茶叶，拿回家泡茶喝了，这样我就能事业顺利，或者婚姻顺畅，或者身体健康，或者逢凶化吉——当然，一包茶不能解决所有的问题，每次植茶都只能解决一个问题。

比如我自幼身体不好，经常生病，几次进医院，于是母亲请杨瞎子给我"植茶"喝；后来我考大学失利，母亲又请杨瞎子给我"植茶"，大师说这是我的劫，从十九到二十三岁我都没有文曲星照耀，所以不要读了，去读个大专吧，母亲听从了。而我读大学那几年确实不争气，直到二十三岁以后，不

管是抓住大学的尾巴考四六级，还是一毕业就考教师，似乎都很顺利，为此，母亲高兴得连连感谢杨瞎子，"植茶"也就成为母亲最虔诚的活动。

耳濡目染的我对于鬼神之事"宁可信其有，不可信其无"。年轻的时候每年回老家，我必定要跟母亲一起去杨瞎子那里算命，看着瞎了眼的他郑重其事地拿我的生辰八字算来算去，仿佛窥探到了我此后余生的秘密，我的内心无比激动。

那时的我无比相信，命运给我的一切早在很久以前就写好了剧本，就等着我此后余生的到来，一集集地开拍上演。

那时的我无比笃定，岁月赋予我的时代早就在很久之前奠定了基础，就等我俯首撑额去迎接，一段段地铺展开来。

那时的我根本不知道命运无所谓定义，岁月更不能断言。只是单纯地想窥探天机，然后在命运之书上画出投机取巧的一笔。

杨瞎子最后一次给我"植茶"是霜降，他说霜降杀百草，姻缘才好出现。在此之前，他给我"植茶"了三四次，我的红鸾星也没有动，他跟母亲说，我的红鸾星前面有个大劫，过了三十岁就好了。可是霜降的茶叶喝光了，我也过了三十岁了，我的红鸾星依然没有动。

渐渐地，我就不去杨瞎子那里了。或许是因为成长，或许是因为年龄，或许是因为他请了很久都没能帮我请动红鸾星。

而且慢慢地，我不再执着于命了。

因为我发现我的红鸾星动不动已经不重要了，我已经足够爱自己，不管心底那个人到底是在跋山涉水，还是醉生梦死，都只看一眼自己的心还在不在。

因为我发现我的明天是否有大劫大难也不重要了，我已经足够平和，内心强大到不管前面是风和日丽，还是风霜雨雪，都只看一眼有没有做好自己。

只是当每年的霜降吹来茶香，我总能想起最后一次慎重地从杨瞎子手里接过茶叶的时刻。

闻香始知风更近，内心一片安宁。

少年游，霜叶红于二月花

霜降的茶事总是夹杂着秋天最后的欢愉。

作为秋季的最后一个节气，霜降意味着从秋季过渡到冬季，树叶枯落，蛰虫冬眠，霜叶红于二月花。

和爱人在爱晚亭不远的地方喝茶看枫叶，茶是普通的绿茶，枫叶却是满目浓烈的鲜红，连着漫山遍野的树木，将秋天装点得五彩缤纷。

骑着"死飞"的少年们在枫红松绿中穿梭而过，将复杂的山林小道飞奔成一道耀眼的青烟，口中的呼哨和林间的风声连成一片。

其中有两个少年在我们喝茶的亭子里休息。

"这么快不怕吗？"爱人问其中一个少年。

少年仿佛听到了很好笑的话："哈哈，这有什么好怕的呀！"

"你不觉得危险吗？"

"不失手就不危险呗！"少年很是倔强地轻笑一声，满不在乎地回答。

爱人似乎也没有料到会听到如此简单直白却又直戳重点的回答，半晌说不出话来，只赞赏一笑："少年果然是少年！"

飞车的少年们显然没有耐心听爱人的唠叨，只用单车飞出一条漂亮的弧线，飘然远去。

不失手怎么会危险呢？

如同一场考试，不失手就不算失败；如同徒手攀崖，不失手就没有危险；如同追求一个女孩，不失手就不算失恋；如同背对世界，不失手便是过眼云烟。

他们怎么会懂得怕呢？

他们不喜春风面，不知夏日长，不悲秋夜月，不谈冬雪寒。他们心中有梦，眼中有光。

他们身披日月光芒，头顶璀璨星光，梦想就在他们的手中，朝气蓬勃，满身希望。

他们白月牵衣袖，他们年少足风流，少年仍是少年。

纵有人心复杂，他们不谙世事；纵有世态炎凉，他们不问西东。

然而，世间有多少青春可以挥霍？世间又有多少伤害可以避免？无惧寒冬的少年们，愿你们懂得了青春和生命的珍贵，再勇往直前！

茶味清和。欲买桂花同载酒，终不似，少年游。

第十辑

十一月：闲庭院，梅花开尽千千万

　　立冬是个重要的节气。"立，建始也；冬，终也，万物收藏也。"我们经常说秋收冬藏，秋季的硕果全部收晒好了，收藏入库，动物也已藏好开始冬眠。所以立冬不仅意味着冬天的开始，更意味着万物通过收藏以躲避寒冷。

立 冬

独暄妍，幽香清越茗花开

立冬的时候，梅花开了。此刻若能在梅花园里泡上一杯梅花茶，便暗香盈袖，黯然销魂。

程程邀我喝梅花茶，竟然是用新鲜的梅花入茶。刚经过寒雨的梅花，从枝头直接入壶，沸水注入，青茶沉浮，梅花翻滚，带着独特的寒香。

"竟然真的可以！"闻着清香的茶味，之前我不看好她不做任何处理便如此泡茶，如今我大赞程程心灵手巧，又敢于尝试。

"我怀疑自己有神力你信不信？每次我说可以的，就一定可以！"程程笑嘻嘻地为我斟茶，"这是我幼时养成的习惯，每次我遇到我想要尝试的事情，

就会告诉自己‘我可以’，然后去做。虽然这三个字不能上天揽月，下海捉鳖，但是给了我莫大的神通，能帮助我飞翔。”

　　“你成雄鹰了还是成飞机了？”我打趣道。

　　“都不是，但是在平庸的生活里，这句话帮助我飞翔。”程程很是认真，“每当我遇到困难，遭到质疑，被奚落嘲讽，碰到我以为我不可能迈过去的坎儿，我都会告诉自己‘我可以’，然后神奇的事情真的就发生了，我真的能够战胜一切。”

　　程程的话让我想到了自己，我说：“真巧，我也是。”

　　我也有这种神力。

　　我每次采访之前手都会抖，然后我会告诉自己说“我不怕”；我每次上台之前腿都会颤，然后我会告诉自己“我能行”；每次遇到打击，我会告诉自己“我能承受”；每次跌倒了，我会告诉自己“我还可以”……虽然咒语有无数种念法和语言组织方式，但效果却是一致的：只要有了这种积极的暗示，我的翼下便仿佛有风，带我飞过绝望和悲伤。

　　我不是神仙，也不是巫师，并不是时时刻刻都认为这个世界一片光明，甚至我每次看到那些人间丑恶就会动摇信仰。但是，只要我使出这种神力，我就能于阴暗处找到光芒和欣喜。虽然那力量不足以使我上天入地，但是只要我使出来，我会发现事情真的不坏。

当我飞翔，我会发现我的翼下有风；当我跌落，我会发现世上还有温暖可憩。哪怕我知道自己并不完美，可是却仍然能够在困境中找到力量，这样我就能乘风破浪，自由飞翔。

我有神力，这是魔法，非常神奇。

香如故，秋收冬藏寒随雨

立冬是个重要的节气。"立，建始也；冬，终也，万物收藏也。"我们经常说秋收冬藏，秋季的硕果全部收晒好了，收藏入库，动物也已藏好开始冬眠。所以立冬不仅意味着冬天的开始，更意味着万物通过收藏以躲避寒冷。

立冬大雨，带着刺骨的寒。不爱喝茶的表妹带来别人送她的老白茶，"一年茶，三年药，七年宝"说的便是老白茶。它经历的时光越久，营养和药用价值越高，也越是珍贵。表妹提来的老白茶老叶和老梗都非常明显，芽头极少，整体颜色差异不大，一看就不差，于是我便问她这是多少年的老茶。

"我怎么知道多少年，原来茶还要越老越好啊，"表妹毫不在乎，"泡了喝吧，我家还有。"

我置茶、煮水、冲泡、闻香、品茶。入口的老白茶如同敛尽锋芒的宝剑，入口绵柔，却蕴含着无穷的力量，只可意会，不可言传。

表妹诉说起在办公室遭受的那些莫名的敌意，委屈不已，说到处理方式，她又很得意："我联合了这么多人来孤立她们三个，看她们怎么办！"

我不由得打了一个冷战："果然比后宫宫斗还精彩！"

表妹更是眉飞色舞，说到开的车子、用的手表、穿的衣服、用的粉底，她都要比那人高一头似的，两个人不像是大学毕业的白领在办公室交锋攀比，倒像是两个小学生在班上拉帮结派，然后对彼此说一句："哼！我不跟你玩，我什么都比你好！"

我不由得莞尔，多像那时候的自己呀！

曾几何时，自己也是一个不懂得暗藏锋芒的人，清高偏执，却又充满幻想；满身是刺，却又满心柔和。总爱喝最烈的酒、看最美的云，总要穿最艳的衣、遇最好的人。把爱憎全写在脸上，把心事全暴露在外边，凡事都要争个高低。见人还要比个上下，见到一个喜欢的人，就能轻松简单地让他走进心里；见到一个憎恶的人，就恨不得一把关紧心底所有的门。

那时候我还不懂得怎样去爱一个人，也不懂得怎样才能不伤害一个人，不懂得怎样去面对这世间的残酷，更不懂得怎样去珍惜这世间的温柔。只知道爱了就爱了，恨了就恨了；该爱的来得及爱，该恨的来得及去恨；该记得的，要刻骨铭心好好记得，该忘却的，要及时行乐及时忘却。生活就是拼着满身孤勇，也要轰轰烈烈。

那时候，我信仰真实，讨厌虚伪，总觉得人生就应该选择自己喜欢的事，而不是追随世俗的安稳幸福；总觉得人生就是应该有勇气闯荡自己选择的路，而不是随波逐流地和解妥协；总觉得人生就应该有不一样的笑容，而不是到了一定年纪就开始相似。

可是，年岁渐长，我也有了变化。

从什么时候开始变化的呢？从我磨掉棱角开始，我被人夸赞低调；从我不再任性冲动开始，我被人赞誉理智；从我不再轻易爱一个人，也不再轻易流泪开始，我被人夸赞成熟。

我变得成熟低调，变得稳重内敛，变得会控制自己的情绪，变得不再轻易感动和被感动……总之，我变成了跟之前截然不同的人，这时候我被告知：你长大了。

我终于也变成了之前反感的那些笑容相似的人。

只是到了某个秋收冬藏的时节，面对一个锋芒毕露的晚辈，或者面对一杯敛尽锋芒的茶水，我还是会想起这一路的山高水长。

"喝茶吧。"我说。

"你都不劝劝我？"表妹瞪大眼睛。

"劝什么？"

"劝我隐忍啊，劝我圆滑之类啊。"

"有用吗？交给时间吧。"我将茶水递向她手中，"时间能解决一切问题，包括矛盾。"

为什么不劝？因为我也曾经被规劝过，因为我任性的时候也无须规劝，我只是如同手中的老白茶，在时间的洗礼中，发酵蜕变，最终褪去当年的生涩，成就了现在的醇和。

冬雨寒凉，茶香如梦；半生辗转，秋收冬藏……

小 雪

小雪寒，茶如诗酒趁年华

　　我曾经到茶陵支教一年。作为全国唯一以"茶"命名的县城，茶陵产茶，其云雾茶、六通庵茶、花石潭茶均享有盛名，我所在的学校旁边就是茶山，每个盛产茶叶的日子，采茶女的欢歌笑语就会伴着浓浓的茶香飘来，让人心旷神怡。

　　那年小雪，气候温暖的茶陵并不寒冷。学生邀我去爬山，那是当地有名的茶山，上面供奉着茶祖——陆羽，旁边有茶亭可饮热茶。

　　我的学生都是茶山儿女，到了茶祖像前，他们虔诚地叩拜，谨慎地敬茶，感谢茶祖，感恩收获。然后，他们才带我来茶亭喝茶。

茶亭的茶是免费的，这是茶乡的特色。但是今天提供的茶水色绿味浓，回味甘甜，闻香识色便已知不是凡品。学生们大多生长在茶园，有识茶的女孩子刚喝完一口，便脱口而出："这是咱们茶山新出的云雾茶！"

"竟然是上好的云雾茶！"我讶异道，"新茶就这么拿出来喝啦？"

"您不是常说新火试新茶吗？"学生们笑嘻嘻地告诉我，每次新茶出来，各大茶园都会放一点到茶祖像旁边的茶亭来，提供给来往的游人和拜祭茶祖的人。

"原来如此。"我点头说道，"真是一件乐事！"

"这就是乐事啊？老师你的要求真低。要我说，大口喝酒，大块吃肉，闯荡江湖，才是人间乐事！"一个男生说道。

"这怎么能算乐事呢？乐事必须是有意义的事情。对于你们学生来说，每天认真学习，考到好成绩，才是乐事。"

一时间，学生叽叽喳喳议论开来，有人觉得每天只吃喝玩乐，没有珍惜时间学习，不是乐事；有人觉得每天只学习，没有好好玩乐，不是乐事；有人觉得大人们每天为了生活奔波劳累，不是乐事；有人觉得没有出过远门去看大好河山，不是乐事……总之，选择任何一方面都要后悔，都会有不足，都会有遗憾。

在一旁的我也被他们这讨论中的气氛所感染——果然还是正青春啊！

因为青春，所以对未来有想象，觉得无论选择了怎样的路都会有遗憾；因为青春，所以脸上有朝气，觉得一切都新鲜有趣；因为青春，所以心中有胆识，觉得一切地方都是可以去的远方；因为青春，所以体内有冲劲，觉得还有更多有意义的事情等待自己去做……

青春太美，生命太好，美好到无论我们怎样虚度，都会觉得浪费。

生命犹如一场烟花盛宴，来源于尘土，也归于尘土。那灿烂夺目的绽放只是短短的一瞬，却让我们期盼已久，而后怀念良久，然而无论怎样绽放，都会让人为它的飞逝而生憾。

回头看一看我这群可爱的学生们，他们手里握住的是大把的青春哩！而他们现在讨论的乐事可能是别人口中的遗憾，别人口中的遗憾却又可能是另一个人眼中的乐事。我之蜜糖，彼之砒霜，人是多么纠结的动物呀！为何不干脆互换思维，尝一尝别人口中的蜜糖呢？因为你手中拥有的恰恰就是别人羡慕和向往的呀！

满座的孩子听完我的想法，有些愣怔："老师，我们不是讲乐事吗？青春哪里是您这么几句话我们就可以听懂的呀？"

好吧！果然还是正青春呀——青春怎么可能只是乐事呢？又怎么可能是这几句话就能说清楚的呢？且将新火试新茶，茶如诗酒趁年华！

不争乐，寂寥小雪闲中过

小雪清寒，正是饮茶日。

在二十四节气中，小雪是第二十个，"小雪气寒而将雪矣，地寒未甚而雪未大也"。从小雪这天开始，天气寒冷，降水形式由雨变为雪，又因为降雪量不大而被称为小雪。在中国传统里，从小雪开始，阳气上升，阴气下降，天地不通，阴阳不交，万物寂静，天地闭塞，转入严冬。

那年的小雪正是失落的时候，坐在房间里，你都不知道那些冷来自哪里，像是在人世间遭受的那些莫名的恶意。这个时候泡一杯茶，释放出来的不仅是茶香，还有和茶一起收藏已久的温暖。

夏柔与我对坐饮茶，置茶煮水，茶汤未沸，她的故事已成。

彼时，夏柔刚脱离一个人际关系复杂的学校，去另一个学校上班。夏柔的叔叔是新学校里的领导，同去的女老师也是校长的亲戚，本为同行，已是冤家，何况都是领导亲戚，场面一度尴尬。学校宿舍紧张，不知情的夏柔心心念念要住叔叔隔壁，所以她一去那里就占用了校长给自己亲戚留的宿舍，也为此埋下了祸根。

埋头写作的夏柔不想多问世事，还热心地帮同事上课、拿资料，只是赶上她母亲生日时需请假，轮到同事帮她上课的时候，教室里却根本没有老师到场。不用想，夏柔自是被校长骂了个狗血淋头，解释也是无用。此时，她才开始小心防备。

俗话说："三个女人一台戏。"夹在一群对自己怀有莫名敌意的女人中，戏更加精彩。

一个办公室六张桌椅，两个女老师非得占了夏柔的桌椅放烤火桌。她无处办公，出入艰难，本想撕破脸皮，但是想起自己还有更重要的事情要做，于是她忍下心头怒火，选择向两位姑娘小范围地道歉，只求一时宁静，好让她可以专心做自己的事情。

但是两位姑娘并没有因为她的退让而息事宁人，反而愈演愈烈。

骂战甚至升级到两班家长都知道，以至于隔壁班的学生会跑过来骂夏柔是神经病。两位姑娘生日时，夏柔跟随众人在工作群里大度地发个祝福，而夏柔生日时，她们装作没看到不说，班上提前下课的学生还跑来骂一句夏柔神经病。

于是，夏柔生日这天，她忍不住在工作群中爆发了，在工作群点名两位女老师"骂得很好听，但是别骂了"，这属于挑衅，破坏了教师职场潜规则不说，还被截图上报到教育局。这一次，夏柔几乎被千夫所指，吃了大亏，本来就看夏柔不顺眼的校长更是抓住把柄，指责夏柔"龌龊"，并以此打压夏柔的叔叔，加上与旧学校校长联手，两位校长一起在领导面前说夏柔的不是，夏柔百口莫辩。

夏柔很想抛开他人的期许和周边的评价，一心写作，可是她愧对叔叔和其他老师对自己的期望。所以，她妥协了。夏柔在工作群中当着所有人的面给两位姑娘道歉，两个女老师也没有表态原谅她，但办公室还是让她进去了。

　　本以为事情就这样结束了，没想到学校的斗争竟然能如此千回百转——新学期一来，在新学校工作还没满一年的夏柔竟被下放到了农村小学，坐实了她考入教育系统以来去了两个学校都被两校校长在学区领导面前告状的"辉煌"劣迹。学区的人事领导甚至抱歉地告诉夏柔，不是工作的原因，就是办公室争端你被截图举报了。

　　"还不屑呢，是不敢吧？你怎么就这么不争气，还道歉，真跌份！"我对着她恨铁不成钢地说，"平时不是挺横吗？写宫斗剧的智商都用到哪里去了？你要是早点儿截图，还有她们蹦跶的份儿？"

　　夏柔给我说完这件事，脸上已经满是无奈："是真不屑，而且我理亏。"

　　原来，在拿到调令，没等开学，校长就迫不及待地让夏柔交出宿舍钥匙走人。夏柔本来还感叹"针锋相对只因房，坦诚相要又何妨"，可一看到校长的嘴脸，不由得反笑："原来真就这点儿出息，算了！"

　　"原来如此！"我点点头，"那你倒是说一说，你哪里理亏？"

　　"因为我不能全身心地投入工作，所以我理亏；因为我需要不争来争取时间写作，所以我理亏；都是住校老师，我每天的休息时间都用在看书和写作上，而她们的全部时间都用在教学和处理人际关系上，你说我该不该理亏？我要是跟她们一争高下，我就要花更多的时间在工作上，哪里还有时间写作？"夏柔说得很是认真，"再说我本来就比她们拥有得多，我理亏、不争是应该的。"

我是真的被她的阿Q精神征服了："你倒是说一说你哪里拥有得多了？"

"我能写作，会赚钱，这本来就是最让她们不满和嫉妒的。人不能事事都争强，事事都完美。本来我在写作这一条路上就发展得太顺利了，如果工作上也要争，那上天也太宠幸我夏柔。所以我不争，因为我怕我不能拥有更多。"

"单纯！"

"没错，写作总是洗涤我，让我保留一份单纯和善良。不透支别人的单纯善良，也不让别人透支我的。这是我的底线。"

"触碰了你的底线你还这样？"

"不争是为了争，只是不在同一个方面啊。如果我要跟她们一争高下，我就要花更多的时间去装成一副对工作特别热爱的虚假勤劳，还要给校长拍马屁，去拉帮结派。可是如果我那样做了，我就没有自己的时间了，对于我而言，没有自己的时间就是没有自我。"

茶汤鼎沸，茶水清香，闻香品茶，专注而轻柔。哪怕没有茶艺师行云流水般的操作，随着泡茶的完成，我们的呼吸也随之平静。夏柔的诉说也更加平和。

"说生气倒是有的，我好歹也是个诗人，居然还能卷入这样低级的骂战之中。可是撕破脸的结果你也看到了，我不是她们的对手。换句话说，我为我曾经在群里怒怼她们而羞愧，因为那一刻，我世俗了，忘记了自己的珍贵。

所以我要隐忍，不能争，这样我才能争取到属于自己的时间和自由。是啊，我不争气，可是我必须走在我自己的道路上。"

生茶入口，苦涩反转，再回味，才是醇和的甘甜。久经时间洗礼的生茶就如同久经时光洗礼的我们，入口绵柔，却有千钧之力，苦涩之后自有甘甜天地。夏柔的每一句话都很有力度，在我的脑海里扎根。生命的征程太长又太短，太多人自我满足地活在身边人的认可之中，谁又真正想好了要过怎样的人生，要走怎样的道路？谁又真正记得原来自己如此珍贵，并不应该与世俗的低劣纠缠不休？

世俗总是如此强大，让人很难鼓起勇气去生出改变它们的念头，从而人云亦云，活成了别人期盼或者心目中的样子，忘记了自己的道路，也忘记了自己的珍贵。

可这并不是你迷失自己的理由。你可以和他们纠结是非，浪费本该属于你的大好时光，也可以忍辱退后一步，抓住喧哗下的珍贵时机。无论世俗多么曲折离奇，你都要坚守自己的信仰和底线，保持内心的平和与善良，勇往直前。

生命如此美好，浪费在勾心斗角、明枪暗箭上未免可惜。争是勇气，不争是智慧。坚定地沉住气朝着目标前行，才能守住初心。

在农村小学沉淀不久后，夏柔因为写作的不俗表现去了更广阔的地方，也遇到了更为简单的人际关系。

　　只是在每个人生的严冬，每个清寒的小雪，我还是会泡一杯生茶，怀念一场叫作不争的茶事。

　　在人世的春风和寒霜里，争过了，或许只是一场胜利；不争而行，却是真正的千里之行。

第十一辑

十二月：北风行，风雪更需悍刀行

　　大雪已经是二十四节气中的第二十一个了。"小雪后十五日，斗柄指壬，为大雪。十一月节（农历），大者盛也，至此而雪盛矣。"

大　雪

江南雪，且效融雪煎香茗

大雪，已经是二十四节气中的第二十一个了。"小雪后十五日，斗柄指壬，为大雪。十一月节（农历），大者盛也，至此而雪盛矣。"

白天开始变短，日出很晚，日落很早。所有不属于冬天的词语，比如"生机蓬勃、繁茂秀丽"，都已经用不上了。到了大雪，一切都是静寂的，苍凉的，北方大地早已千里冰封，而我所在的江南却依然青绿，山是深绿，草是苍绿，树是大绿，就连茶山上的茶树也依然在这个冬天绿得深沉。

如若不是极寒，江南是很少下大雪的，即使是下，也是夹在冰冷缠绵的雨丝中，轻飘飘地落下来，瞬间就消失在天地间。所以北方人难以理解南方人看到雪的兴奋——只要一下雪，赏雪的，打雪仗的，大人小孩都如同庆祝节日一般兴奋喜庆。

江南的雪总是会选在天地万般寂静的时刻到来，比如"千山鸟飞绝，万径人踪灭。孤舟蓑笠翁，独钓寒江雪"，那样的空旷境地，清冷无畏却又遗世独立。这位蓑笠翁钓的哪里是鱼，分明就是这一江风雪！这钓鱼的人已经站到了人生的最高处。

江南的雪也总是喜欢选在傍晚时分到来，比如"绿蚁新醅酒，红泥小火炉。晚来天欲雪，能饮一杯无"，那样地醉眼微醺，如梦似幻，却又温馨宜人。这位同饮者饮的哪里是酒，分明也是一壶江雪！

江南的小桥流水人家总是温婉娇柔，再加上雪花飞舞，更显得飘逸出尘。若是能在大雪纷飞的江南雅舍融了这纯白晶莹的雪水煮一壶茶，大雪亦是暖冬。

我喜欢在冬日里烹茶，温柔的茶香在清冽的寒风中铺撒，取明前的龙井茶"莲心"，嫩芽初进，如同莲心，收集松枝上的雪水烧开，用透明的玻璃杯泡上，莲心绽放，绿沉杯底，将茶汤染成嫩绿的春。叶片舒展，散发出不染任何人间烟火的清香。品茶细咽，排除了满腔浊气，清气上升留香。那雪水必定要是江南小村里最纯净、没有受到大气污染的水，否则不会有古人煎出来的清洁甘美，洗净尘心。

融雪煎茶自古以来都是文人雅士心中的风雅韵事，因为在古人眼中，雪是神仙之水，以至于"雪水烹茶天上味，梅花做酒月中香"。文人墨客在这雪水煎成的香茗边，或对饮，或独酌，都能获得心智宁静。

辛弃疾"送君归后，细写茶经煮香雪"，在清淡冷冽的茶香中品尽一生家国天下的忧愁；陆游"雪液清甘涨井泉，自携茶灶就烹煎。一毫无复关心事，不枉人间住百年"，在洁净出尘的茶水中一洗烦恼而超脱；郑板桥"寒窗里，烹茶为雪，一碗读书灯"，在意趣横生的茶香里读书而嗔痴毕现；郑遨"寒炉对雪烹"，在诗情画意的冬日雅趣中悠然自得。

无论是读书，还是待客，古人都将温雅的文化气息渗透在悠久的茶文化当中，仪态万千，积厚流光。我辈喝茶，又有几个能品出其间的文化真味？饮茶之道，有礼有德，还需有文。每到大雪节气，雪花飞舞，俗世的我们何不融雪煎香茗？

一杯茶，风雪更需悍刀行

大雪纷飞日，学生失恋，站在女生宿舍楼下号啕大哭，哭完披一身雪花，坐在角落里听关于失恋的歌曲。

蒋老校长拖着病腿走过去，不知道说了些什么，那个男孩居然很快擦干眼泪，满脸羞愧地敬个礼，然后走了。

办公室一片哗然，纷纷赞叹蒋老出手果然不凡。年轻人赶紧给蒋老煮好茶，待他老人家回来，便拉着他坐在暖洋洋的炉火边，请他传授秘诀。

屋外大雪纷飞，屋内茶汤鼎沸，坐在中间的蒋老无奈地接过年轻人递过来的茶水，好笑地道："你们啊，我哪有什么秘诀呀，无非是那几句话，告诉他为了这个伤心不应该，学生的任务应该是好好读书，长大了再找不迟，说不定还能找到更好的之类的话。"

"同样的话，为什么蒋老说出来他就听了，怎么就算我们说了一百遍也没人听呢？"有年轻老师叫起来。

这倒是实话，蒋老是学校的老校长，也是我们学校说话最有分量的老师——哪怕他嗓门儿不大。只有初中文凭的蒋老是当兵回来被安排进学校做老师的，刚开始有不少人看不起和刁难他，他一气之下下海经商，却折了腿，只好重新回来，从代课老师做起。他吃苦耐劳，兢兢业业，获得了"优秀教师"等称号，四处演讲不说，还从无编制的老师做到正式老师，再做到校长，再到教育局，最后因为家庭原因而回到我们学校做校长。蒋老在生活上经历了老婆的早逝，大女儿的叛逆早婚，小女儿的成长，虽然历尽波折，好在现在家庭美满。

大家马上发现了一个玄机："是啊！蒋老的思想工作做得就是好，每次都能让学生们心悦诚服，就连我们也是，很多问题，别人说我还不服，但是蒋老一说，我就什么都想通了。"

"对啊！你说这是不是人品问题？明明蒋老说的还是同一个问题，说的也是与别人相似甚至相同的话。"

是呀，有什么区别呢？区别就是一个在度人，一个还在修行——蒋老已经到了"读"的年纪，而年轻的我们还处在"修"的年岁。

曾经的蒋老也是一个意气风发的年轻人，和所有需要磨炼的年轻人一样，他也有过去，那时候他热血而冲动，可是渐渐地，在生活的磨炼中，他开始有所承担，也有所承受，开始忘记过去，也直面现在和未来。失败和打击不能击垮他，成功也不能显赫他，因为他已经"修"到可以包容一切不快和不安的时刻，站在了精神的最高处，于是，他开始了"度"。

蒋老被年轻人缠得没办法，只好放下茶杯道："什么秘诀呀，无非是和这杯中的茶一样，'千秋大业一壶酒，万丈红尘一杯茶'。"

"这……算什么呀？"年轻人面面相觑。

我的心头却豁然开朗：沉浮是"修"，磨炼是"修"，沉淀也是"修"，最后的淡然如茶才是"度"的状态呀。反正是沉浮，反正要磨炼，反正要经历无数沉淀，才有最后的淡然。所以，繁华如梦的宏图霸业，有什么不能在三杯两盏里谈笑而过？镜花水月的俗世红尘，又有什么不能在一壶清茶里淡然处之？

开心的时候，邀明月清风共饮；失落的时候，对冷风凄雨独酌。只要勇于面对，淡定直行，那么坦然开阔之中自可历尽千帆，浩荡豪情之中自有海阔天空。

年轻老师们还欲挽留，奈何蒋老已经推开门，兀自走向大雪苍茫的暮色中。

在人生的大雪纷飞中负重修行的人啊，愿你们更有勇气面对人生的大雪。

冬 至

完美说，时光流过又冬至

冬至大如年，纳履添新岁。

冬至，一年中最重要的节气，它意味着夜至长而昼至短，一年中白天时间最短的日子已经来临。在周代，这是正月，至唐宋，这天还要祭天。在冬至这天，大江南北都要于寒中取暖。南方吃汤圆，北方吃饺子，闲话今年往事。

在这一天里，一阳生，水泉动。白雪生炉烟，林园惊早梅。也是不少地方喝茶的好时机。那年的冬至，我家也不例外，一壶暖胃降脂的普洱早就在茶炉上冒着热气，因为多了爱人这个第一次上门的北方女婿，所以饺子和汤圆全都备上了。

"来，喝茶！"父亲将茶递给紧张的爱人，爱人喝茶如牛饮，烫到龇牙咧嘴，而后还不忘赞一句"好茶"。

"你倒说一说哪里好？"父亲知爱人不好饮茶，便不免看他好笑。

爱人无言以对，当然是闹了一个大红脸。

趁着父亲转身，爱人一脸委屈和不安："要是那人，肯定不是这样吧，为什么你会选择我？我明知他比我优秀，作为男人，我都觉得他很完美。"

为什么会选择你？

或许因为桃李春风一杯酒，在那个春日的午后，映入我眼帘的人，是你！

或许因为江湖夜雨十年灯，在每个加班的深夜，为我送来温水的人，是你！

或许因为人海苍茫，半生飘摇，你与我一次次错过，却还是能一次次邂逅！

茶香温暖，青年俊秀，茶叶在沸水中沉浮漂荡。我突然就确定了这一生的答案：是你。不仅仅因为你的独一无二，不仅仅因为你的偶然出现，更因为在万丈红尘中，你只是你，只是那个不完美的你。

因为不完美，所以你才能看见和接纳我的暗，让我展现出最真实的自己；因为不完美，所以我们向往的不再是金童玉女，而是人间烟火；因为不完美，所以我们的爱情不再是缥缈和浪漫，而是平凡和世俗。

眉目成书，时光如画。有人陪你从校服到婚纱，也有人陪你从青丝到白发。

在遇见你之前，我就是一个不完美的自己，我在时光和岁月中寻找，在浮躁和复杂中穿梭，只为遇见一个更好的自己。

没有人能够一出现就是百分之百的完美妻子或者丈夫，所以我不需要遇见完美，我只需要遇见不完美的真实，才能让我更好地被接纳。

"因为你不是世俗的完美，却是我心底的百分百男孩。"我想了想，说出了我的答案。

时光流转，时隔三年，又到了冬至。

在婚姻的旅程中，不完美的我们谦虚地学习着如何成为这凡尘中的匹夫匹妇——如何成为一个好妻子，做一个好丈夫。

我们有了一个小窝，温暖闲适。

我们有了一个宝宝，可爱活泼。

我们有了共同的生活，朝夕相守。

我们有了更契合彼此的自己，彼此成就。

在这个冬至烹茶回望，我们经年的携手共进已经让彼此心灵契合。眼前的青年已经不会再问"为什么是我"。可是我依然感谢不完美的你出现，接受不完美的我，让我与你同行，走在凡俗夫妻边走边完善的路上。

吃饺子，爱你只因你是你

冬至吃饺子，起床已久的宝宝不想刷牙，在疼爱她的爸爸身上如同橡皮糖一般滚来滚去，任凭我怎么哄都不肯离开。

于是我只好放出我的绝招，捏着鼻子佯装生气："好臭！这是哪里来的臭小朋友呢？我不喜欢。"

岂料宝宝听到这句话就哭了："你不喜欢我！你怎么能因为我臭就不喜欢我呢？你不爱我了？"

看到她撒泼打滚儿的样子，我一阵头痛："我说过，我只喜欢懂事的、不喜欢哭闹的小朋友。"

我的强调似乎没有效果，宝宝一听，更加伤心，一直哽咽嘟囔着："你不能这样不爱我。"而我生气她的无赖，一时间，两方僵持不下。

孩子爸拉着我到一旁坐下，为我泡上一壶茶，然后才过去哄宝宝。

看着茶水翻腾，闻香品茶，我的心似乎也跟着茶水的平和而安静下来。

"你确实不该如此吓她。"放下宝宝的孩子爸轻轻地拍了拍我的肩膀说道。

"我哪里是吓她，就是告诉她要听话嘛！"

"可是宝宝说得对，爱是没有理由的，你怎么能因为她臭就不喜欢她呢？你今天因为她臭不喜欢她，明天就可以因为她学习不好，因为她不够活泼，或者种种原因而不喜欢她。可是，你是她妈妈啊，你对她的爱怎么能够有条件呢？怎么能有理由呢？"——是的，爱你是没有条件的。我不可能因为你为了我去刷牙，为了我去吃饭，或者说为了我去生活，甚至为了我去做一个乖宝宝……我不可能因为这些条件而爱你。我爱你，不带任何条件，只因为你只是你，是我怀胎十月疼痛分娩而生出的你。

爱你是没有理由的，我不可能因为你漂亮、可爱、活泼、机灵，或者自带异能为我带来财富，或者能歌善舞为我带来喜乐，或者是一个难得一见的天才宝宝为我带来虚荣……我不可能因为这些理由而爱你。我爱你，只因为你来到这世上时不因为任何理由而选择了我，让我成为你的母亲。

"你看看她多乖！她需要爱，你就给她爱，你难道不知道自己有多爱她？"爱人示意我看一看宝宝乖巧讨好的样子，她的样子可怜巴巴的，我的心一下子温柔成春风小河。

我怎么会不知道我有多爱她呢？

爱她就是明明举起巴掌想狠狠地扇她两耳光，却忍不住变成了捏捏她的小脸蛋儿。

爱她就是明明她蠢笨顽皮，可是我总记得她伶俐可人，就连她傻乎乎地拿竹篮打水的样子都特别可爱。

爱她就是明明手机里全是她的照片，可是每天依然忍不住拿出来看几十回、想几十回。

爱她就是明明已经把最好的关怀、最好的情感、最好的耐心都给了她，可是依然会在看到另外一份伟大的母爱时而羞愧，觉得自己做得不够好。

爱她就是明明已经对一切的嘈杂都感到烦闷，可是依然在她喋喋不休地呼唤"妈妈"声中不厌其烦地答应着，然后渐渐平静下来，觉得这是世界上最动听的音符。

爱她就是明明已经对这个世界失望，可是看到她的笑脸，依然可以感觉到世界上最美的温柔。

爱她就是明明逆风而飞，可是她的存在依然可以让我轻松地扇动翅膀。

爱她就是明明人到中年她才走进你的生命，却依然是你生命中最灿烂光华的那一笔。

她是与生俱来的人间温情。

"妈妈抱抱！"宝宝歪歪扭扭地走过来，满怀期待，"我爱你，妈妈。"

"我也爱你。"我抱起她说。

第十二辑

一月：新春入，东风夜放花千树

　　你说，当你已经无法拥有的时候，你唯一能做的便是不忘记。可你不知道，当你这么说的时候，我真的很想放弃一切，奔向你。

小 寒

孤灯伴，闲敲棋子落灯花

你说，当你已经无法拥有的时候，你唯一能做的便是不忘记。可你不知道，当你这么说的时候，我真的很想放弃一切，奔向你。

——题记

有段时间，我觉得人生实苦。

那段时间在格局不大的乡村学校工作，我想安心写作，而现实却推着我向上拼搏。白天超负荷地工作，晚上还要坚持写作，经常亮到凌晨的灯招来不少嫉妒和嘲笑。回到小地方，远离曾经的朋友同事，遇到的大多是三观不一致的人群，他们明面上说佩服作家，暗地里却打量和挑剔。我很反感外界对我的恶意揣测，在我摔个跟头时，就跑来狠狠嘲笑；在我步履稳健时，就斜着眼睛偷偷打量。我谨慎小心地和周围的环境和平相处，明枪易躲，暗箭全扛。

在爱情里，我曾经幻想和我心灵相通的灵魂伴侣，可是最终，伴随我的是柴米油盐的生活老伴。我曾经幻想他会陪我风花雪月，走过大城小巷、江河湖海，可是最终，他带着疲惫，陪我在大风小浪里艰难前行。我曾经以为他是"桃李春风一杯酒"，可是最终，他不懂某个夏日午后的阳光有多烂漫，也不懂某个桃李春风的瞬间有多温柔。

现实将我压抑到极致，我真的想逃。

小寒节气将冬天的寒冷如数带来，我伴着孤灯，在深夜的学校煮茶，突然接到那人的电话。

他说，已经年近不惑，依然未婚，还是相信你是我等的人。

他说，行已千里，书读过万，放不下的依然放不下。

他说，四海八荒，积时累日，唯有你是心中月，此刻成了镜中花。

见我没有回应，他挂了电话。可是那一刻，我泪如雨下，心中没有了任何负担。

熟悉的陌生人呀，你只知道告诉我，当你已经无法拥有时，你唯一的选择便是不忘记。可你不知道，当你这么说的时候，我真的很想放弃一切，奔向你。

哪怕没有朝你策马狂奔，可是转身面对一切灰暗，我突然有了勇气。可惜我没有一支魔笛，不然我一定要让你听到我心底的声音。

当我提笔成文，历经沧桑，我知道还有无限的世界未曾将我遗忘；当我山云作幕，看世间书，我知道还有一双翅膀托我飞翔。因为你的存在，世界充满想象。

"有约不来过夜半，闲敲棋子落灯花。"尽管知道那人永远也不会再来，但是在我最苦涩的时候，还有人突如其来地用温柔守护我、温暖我，我的心中满是感恩。

大红袍，竹炉汤沸火初红

小寒大寒，冷成冰团。在这个冰天雪地的节气，最适合灯下读书、竹炉煮茶。

娟带来了大红袍，我一直听说大红袍是茶中状元，不仅仅因为它是乌龙茶中的极品，更因为它和状元结缘的故事。大红袍是岩茶的一种，岩茶目前的标准分类为大红袍、名丛、肉桂、水仙、奇种五种。大红袍属于"岩茶之王"，而岩茶属于乌龙茶。"春饮花，夏品绿，秋饮青，冬饮红，一年四季喝乌龙"，竹炉汤沸，清香甘甜，虽然娟带来的大红袍不是极品，却是既有红茶的甘醇，又有绿茶的清香，瞬间将小舍溢满醇香。

喝大红袍，就不得不说到它的来历。那还是明朝洪武年间，一位名叫丁显的举子进京赶考，路过武夷山时突然腹痛，正好遇到一位法师泡了一碗茶给他喝。喝完以后，丁举人的病痛很快好了，最后更是高中状元。

衣锦还乡的丁状元路过武夷山前来致谢，得知茶叶来源于九龙窠岩壁上的三棵茶树后，为表敬意，他脱下状元红袍，绕茶丛三圈后，将红袍披在茶树上，"大红袍"的名字便是由此而来。据说丁状元还带了些许大红袍到京城，当时恰逢皇后得病，百医无效，丁状元献上茶叶后，皇后喝了也转危为安，皇上龙颜大悦，赐红袍一件，命丁显前往九龙窠披在茶树上。从此，九龙窠岩壁上的三棵母树大红袍就成为皇家的贡茶，被皇家隔绝起来，大红袍由此声名远播。

茶树的一生有如人生，是多么奇妙的境遇！

如果没有这段和状元相遇的故事，是不是它就不会被发现，依旧默默地在这岩壁之上自由生长？不会被人看管照顾，成为专门献予帝王家的茶叶；不会有人知晓这与人隔绝的岩壁上的茶香传奇，甚至都不会有"大红袍"这样一个喜气富贵的名字。

武夷山的岩壁千沟万壑，日照短，终年不息的泉水浸润着青绿丛生的岩壁。大红袍的母树就在这里，和清风明月相唱和。它或许只是一颗茶籽，跟随候鸟的飞行或者野兽的迁徙而来到了这里，于是在这里生根发芽，长成大自然唯美旋律的一支，直到命运的拐点来临，将它推向人潮和远方。

千百年的时光细碎，它在这里驻足，可是面对的已经是他乡。

一念至此，不由得说了出来："如果当年那三棵母树没有被发现，那么世间哪有这么多大红袍啊！"

"没有大红袍，也会有大绿袍、大黑袍呀！"娟粲然一笑，"世间总会有一种'袍子'是能够替代的。"

我真没料到是这样一种答案，简单而直接。我不由得暗自心惊：世事有为法，当作如是观。既然总有际遇，何妨坦然面对？

原来，这样简单而直接的道理却总是深刻而透彻。茶树也好，人生也罢，终有弱水替沧海，这一切的一切都是上天最好的安排。

大　寒

岁寒芽，松柏之姿一如茶

大寒的时候，我曾经去夏柔所在的小山村看望她。

作为二十四节气中的最后一个节气，大寒的寒冷让我们隐约感觉到冬天即将过去。夏柔正收拾行李准备回家，我们抖落松枝上的雪花融雪煎茶，在小山村简单的茅舍中看大雪飘落。茶是当地产的六安茶，用当地的泉水融了雪水煎煮，那味道妙不可言。正如陆羽所说："烹茶于所产处无不佳，盖水土之宜也。"

年轻的夏柔总想援笔成文、论人间事，她策马于文坛，畅游于文场，奈何拗不过一心想让她成为老师的母亲，回家考取了教师资格证，在娘家附近的一所中学上班。

刚回来的夏柔满腔热情，身上还带着在外面当编辑做记者时冲杀于职场的杀伐果决，很难适应老家尚未进行教改的传统僵化的运作模式，更何况"十八线"城市之外的小山村容不下不羁的灵魂。夏柔果断地将教书当成了副业，寄情于山水和写作。

夏柔的工作受挫，被调到村小以后，夏柔的母亲———一位勤劳朴实、一辈子最远去过省城的农村妇女，急得到处奔走，问夏柔之前的同事她为什么会被调走，问夏柔之前的领导她是不是不听话，问夏柔的朋友她是不是表现不好……然后在众人嬉笑着看热闹的目光和语言中总结出来：女儿夏柔是一个每天只知道泡在电脑面前的电脑迷，总是不切实际地想着当大作家，她清高自傲，甚至有些精神不正常，不擅和旁人打交道，以至于现在弄得众叛亲离。

这位一直都是面朝黄土背朝天的农村妇女绝望而落寞，在她狭小的天地中费尽心力地帮夏柔总结了无数的失败经验和成功秘诀，然后一次次对夏柔灌输这个小山村生活的潜规则，劝解夏柔"积极上进"，放弃写作、专心工作，因为在这位朴实的农妇眼中，能够教书就已经是脱离了地里干活的命运，作家这个名头太遥远也太耀眼，远不是一个小山村里野蛮生长的女生能够承受的。母亲劝解夏柔说生活远比梦想重要。

孝顺的夏柔被母亲的好意折腾得几近崩溃。一方面，她觉得三十年前是她的到来改变了母亲的生活，所以夏柔需要尊重母亲的奔走和好心，哪怕不是她所愿，可是她得接受；但是，另一方面，她觉得孩子不应该是父母的仿制品，还应该拥有自己的思想、选择和生活，为什么一个农村出身的孩子不能成为作家呢？

"所以我是不是应该暂时放弃写作？"我第一次看到夏柔有这样迷茫的目光，"有的时候，我觉得我在外面拼搏的生活就像一个梦，梦醒来了，我就回到了这里。或许我就应该做老师，那才是我真正的宿命，就好像这茶叶，我就是一罐粗茶，无论我怎么努力，怎么泡，都没用！哪怕我在外面镀金，那也是包装，一入茶壶，我就现出了原形，不得不接受真实的命运。"

"不，你的困惑恰恰是因为你不适合当老师，而是适合当作家。"我缓缓地给她倒了一杯茶，"一罐好茶也需要好水冲泡，才能泡出它的真味。所以古人融雪煎茶、山水煮茶。陆羽甚至说只有茶叶原产地的水冲泡的茶才好喝，这就是因为水土适宜呀。"

生命的美好在于它的无限可能。这种可能不会因为你的出身卑微而淹没，也不会因为你的年龄大小而消逝，只要你不念过往，不畏将来，努力而蓬勃，坚定而向上，选择你认为的可能，才能拥有无限可能。

生命的美好还在于它的无数种形态。你可以做一名弛担持刀的农夫，日出而作，日落而息，只要你甘于平淡，生命的美好便在于闲适自在；你也可以选择做一名求知若渴的学生，仰望星空，渴求真理，只要你忍受磨炼，生命的美好便在于奋斗不息……选择了你喜欢的形态，才能感受美好。

"是呀！我总以为我能像经冬的茶树或者傲立的古松顽强地挺过他人的非议和期盼。可是，在最难受的时候，原来我还是会受伤和动摇。"夏柔不好意思地喝下我递过去的茶，双眼却闪起了光，"看那棵树！"

虽然这个大寒的雪将屋外的松树压得严密紧实，却依然不影响它的傲然挺立。

昆虫茶，真汁原味真造化

"人穷志短"这话我信，因为我读大学的目的就是跳出农门不种地。母亲从小就带着我种地，让我知道了种地的苦——水田里有水蛭，插田的时候很容易就会被它叮咬上，还不能用力扯，要轻轻地拍，否则就会血流不止，引来更多的水蛭。何况忙起来的时候是顾不上水蛭的，我要是扯水蛭，我妈准会骂我矫情——有这工夫，又能插一溜儿水稻了。

母亲就从不扯，任水蛭将她的腿咬出一条条血痕，流到田里，引来更多的水蛭，所以母亲的手脚利索，带着我和弟弟一天能插一亩地。每次农忙过后，母亲被水蛭咬过的腿都会溃烂一两个月，好不容易好了，却又迎来下一个农忙。

家里附近盛产虫茶，于是母亲就带我们采集野生苦茶叶，等蒸煮晒干，堆放桶中，湿润发酵后，扑鼻的清香中便产生了一种名叫米缟螟的幼虫，它们的粪便就是虫茶，也叫茶精。虫茶的收购价比一般茶要高，在没什么经济来源的农村，这已经是不错的收入了。母亲偶尔也会拿出一些来泡茶，那是一种特别甘甜的香，喝上一口，很是沁人心脾。

李碧华说："人一穷，就连细致的感情都粗糙。"这话不假，有一次，母亲带我去送茶叶摔了一跤，她顾不上摔倒在路中间并且满脸是血的我，一边急匆匆地扑向撒了一地的茶叶，一边喊我帮忙："还愣着干吗？别人踩了这些茶可就亏钱了！"当时我也顾不上痛，竟然爬起来帮着母亲一小颗一小颗地收捡，等送完茶叶松了一口气，我才发现手腕竟然脱臼了，当时也没钱去医院，母亲就让村头的兽医给我掰正了，肿了一两个星期也就好了，只是隐隐地疼了大半年。

只可惜母亲种了大半辈子地，采了大半辈子茶，却并没有积累下多少财富，父亲身体不好，母亲日夜劳作也只是勉强维持这个家的温饱，就连我上学的钱都是东挪西借的。有时候亲戚过来，母亲找不到好东西招待，就让我们带着篓子去后山渔场里捡渔夫丢掉的鱼鳔和鱼子煮了吃。鱼子香甜，冲淡了劳累生活积累下来的对命运无常的叹息。

在少时记忆里，有一次母亲在县城遇到她的高中同学，同学邀请她参加同学聚会。母亲很激动，回来说了好多天，兴致勃勃地翻出她收藏很久都舍不得穿的衣服，带上她心目中最好的东西——自己采制的虫茶，去了县城最大的酒店，最后却早早地回来了。尽管她兴致勃勃地跟我们说起大酒店的豪华，却掩盖不住她眼底的落寞。她带回来的合影中，她的面容比其他同学要苍老很多。她悄悄地站在角落里，也不知道她的虫茶有没有人喝，我只记得她把茶叶带回来，我和弟弟妹妹们泡了，当时真是满室醇香。

这时我才想起，母亲年轻的时候很美，如同山头笼罩的春日烟霞，她曾经也读过很多书，是当年村里唯一的高中生。她也向往过外面的世界，是村里第一个走出去打工的，虽然只走了三天就自己跑了回来。

只是那次同学聚会之后，她似乎认定了自己的命运，任凭生活劳苦给她留下满脸的沧桑和麻木，她逐渐变得越来越像村头干枯的稻草人，只有偶尔笑的时候才会变得生动。

后来，我们终于跌跌撞撞地长大，虽然母亲不用种地采茶了，却是彻底地老了。

在城里帮我带娃的母亲又一次在超市遇到了好久不见的同学。这一次，他们又聚会了，母亲一直到很晚才回来。这次她带回来的照片里，她跟他们一起笑盈盈地举杯交错，生动而快乐。母亲拿着手机，一张张指着照片要我看，嘴里嘟囔着："喏，都老了呀！"

黑色的虫茶如同油菜籽一般细腻，开水一冲，如烟丝，似薄雾，琥珀色的茶汤入口馨香。谁也没想到，这种原始手法收集的茶虫粪便竟然如此历久醇香。

人生漫长，哪怕秉承着原始的粗野顽强地活过，也是一场造化。